Herausgeber
Falk Staub

Tous ensemble

Grammatisches Beiheft

3

Bayern

Ernst Klett Verlag GmbH
Stuttgart • Leipzig • Dortmund

Tous ensemble 3 – Bayern
Grammatisches Beiheft

Die Mediencodes (Beispiel: **s2g5k9**) enthalten zusätzliche Unterrichtsmaterialien, die der Verlag in eigener Verantwortung zur Verfügung stellt.

Bildquellennachweis

Dekelver, Christian, Weinstadt **13.1-2**; Ernst Klett Verlag GmbH, Stuttgart: **17.4**, **17.6-7**; Geoatlas, Hendaye: **17.3**, **17.8-9**; Getty Images RF, München (Photodisc) **21**; iStockphoto, Calgary, Alberta (kristian sekulic) **43.3**; Kramer, Ilka, Lausanne: **U1.1**, **26.1-4**, **27**; Les Restos du Coeur, Paris **26.5**; Rockstroh, Myrtia, Berlin: **8.1-2**, **12.1-4**, **13.3-6**, **36.1-2**; ShutterStock.com RF, New York: (BlueSkyImage) **32**, (Carboxylase) **19.2**, **33**, **43.4**, **52**, (GILLES BARATTINI) **11.3**, (suicidecrew) **17.10**, (Supertrooper) **42**; ShutterStock.com RF, New York, NY **17.2**; stock.adobe.com, Dublin: (Brad Pict) **11.4**, (foxo) **11.1**, (salparadis) **17.1**, (silverkblack) **43.2**, (Stephan Baur) **11.2**, (Steven) **19.1**, (Tarik GOK) **17.5**; Thinkstock, München (Brand X Pictures) **43.1**

1. Auflage 1 5 4 3 2 1 | 26 25 24 23 22

Herausgeber: Falk Staub, Saarbrücken
Autor: Frank Maurer, Stuttgart
Redaktionelle Mitarbeit: Lektorat editoria: Cornelia Schaller, Fellbach

Entstanden in Zusammenarbeit mit dem Projektteam des Verlages.

Umschlaggestaltung und Layout: know idea, Freiburg
Umschlagfoto: Ilka Kramer, Lausanne
Satz: Claudia Becker, Beckers Büro, Stuttgart
Reproduktion: Schwabenrepro GmbH, Stuttgart
Druck: Gebr. Geiselberger GmbH, Altötting

Printed in Germany
ISBN 978-3-12-623923-3

9 783126 239233

Liebe Schülerin, lieber Schüler,

Das **Grammatische Beiheft** ist eine Ergänzung zu eurem Französischbuch. Es bietet euch **Hilfe**, wenn ihr bei den Hausaufgaben Unterstützung braucht, einmal krank wart oder euch im Unterricht einfach mal etwas nicht klar war.
Es hilft euch auch bei der Vorbereitung auf Klassenarbeiten und Tests. Im Grammatischen Beiheft findet ihr ausführliche **Regeln**, **Erklärungen**, **Informationen** und **Tipps** zu den grammatischen Erscheinungen, die im Schülerbuch durchgenommen werden. Den Gesamtüberblick leistet das chronologische **Inhaltsverzeichnis.**

Nach den Lektionen 2, 3 und 5 findet ihr Möglichkeiten zur **Wiederholung (Révisions)**. Hier gibt es jeweils **Kurzzusammenfassungen** der grammatischen Inhalte **(Zoom sur la grammaire)** und anschließend einen **Übungsteil (On fait des révisions!)**, den ihr in eurem Heft mit Hilfe der Liste der Arbeitsanweisungen (S. 56) selbstständig bearbeiten könnt. Ob ihr die Grammatik beherrscht, sagt euch der **Lösungsteil** (ab S. 50), mit dem ihr euch selbstständig kontrollieren könnt. Ihr könnt die Übungen auch als Arbeitsblatt (ohne und mit Lösungen) herunterladen:
www.klett.de Code: **s2g5k9**.

Doch das ist längst noch nicht alles. Wichtige **Redemittel**, die ihr in eurem Französischunterricht lernt, findet ihr zum Nachschlagen ab S. 44. Dazu gibt es auch eine **Übersicht über die Verben**, die ihr braucht, wenn ihr euch auf Französisch ausdrücken wollt. Möchtet ihr ein Grammatik-Thema wiederholen, schlagt im **Stichwortverzeichnis** nach. So findet ihr schnell das richtige Kapitel. Und wenn euch ein Begriff, den ihr im Unterricht gehört habt, nicht klar ist, schaut ins **Verzeichnis der grammatischen Begriffe**. Hier werden sie noch einmal an Beispielen erklärt.

Wir wünschen euch viel Spaß beim Lernen und Nachschlagen im Grammatischen Beiheft.

Die Französisch-Redaktion

Erklärung der Symbole

F/D/E Hier gibt es Hinweise zum Vergleich mit anderen Sprachen (Französisch, Deutsch, Englisch).

Inhalt

*rezeptive Grammatik

G1 Les verbes pronominaux au présent → Leçon 1

se préparer *sich vorbereiten*	
Je me prépare Tu te prépares Il / Elle / On se prépare Nous nous préparons Vous vous préparez Ils / Elles se préparent	tout de suite.

se lever *aufstehen*	
Je me lève Tu tu lèves Il / Elle / On se lève Nous nous levons Vous vous levez Ils / Elles se lèvent	à 7 heures.

- Reflexive Verben sind Verben, die immer von einem Reflexivpronomen begleitet werden: me, te, se, nous, vous, se
- Die Reflexivpronomen **me**, **te**, **se** werden vor Vokal oder stummem h zu m', t' und s': z. B.: je m'occupe (de), tu t'occupes (de), il / elle / on s'occupe (de)
- Bei der **Verneinung** umschließt **ne … pas** das Reflexivpronomen und das Verb.

Je ne me lève pas.

G2 Les articles et les noms → Leçon 1

DÉJÀ VU

un copain ↘ une copine ↙ des copains

le ballon ↘ l'e-mail / l'idée ↓ la finale ↙ les champions

Plural auf -x

un château	des châteaux	un animal	des animaux
un jeu	des jeux		

Masculin ou féminin?

m.

-age	-ment	-eur	-in	-al
le voyage	le parlement	l'ordinateur	le voisin	le festival
le village	le monument		le matin	

aber: la plage, la page, l'image

f.

-ion	-tion	-ité	-ie
la région	la direction	la nationalité	la vie
l'émission	l'invitation	l'activité	la technologie

aber: l'avion

m. / f.	m. / f.
un chanteur / une chanteuse	un animateur / une animatrice
un serveur / une serveuse	un professeur / une professeure

- **Un** und **une** sind **unbestimmte Artikel.**
- **Des** ist der **unbestimmte** Artikel im **Plural** für alle männlichen und weiblichen Nomen.

- **Le** und **la** sind bestimmte Artikel.
- **Les** ist der **bestimmte** Artikel im **Plural** für alle männlichen und weiblichen Nomen.

Das **-s** bei **des** und **les** wird nur vor Wörtern ausgesprochen, die mit Vokal oder „stummem h" beginnen. Man nennt das Liaison (Bindung), weil man zwei Wörter in der Aussprache miteinander verbindet:

Des‿autoroutes, les‿histoires

F/D
Das Geschlecht der französischen Nomen ist nicht immer wie im Deutschen.
Lernt die Nomen deshalb immer zusammen mit dem Artikel.

Vergleicht: **un** sac → **eine** Tasche
une règle → **ein** Lineal

F	Tu as	**des**	chaussures pour moi?
D	*Hast du*	–	*Schuhe für mich?*
E	Do you have	–	shoes for me?

TIPP Am besten schreibt ihr euch beim Vokabellernen die männlichen Nomen und ihre Artikel in **Blau**, die weiblichen in **Rot** auf.

- **l'**/**l'** ist der verkürzte Artikel.
  Der Apostroph zeigt an, dass ein Buchstabe fehlt.
  L' steht, wenn das folgende Nomen mit Vokal (Selbstlaut) oder „stummem h" beginnt:
  le → l' l'effaceur
  la → l' l'équerre
  l'histoire
- Im Plural hängt ihr an das Nomen in der Regel ein -s an.
- Nomen, die auf -s enden, bekommen im Plural **kein** weiteres **-s**.
- Einige Nomen bilden den Plural auf **-x**.

Pays

le Canada	**la** France	**l'**Allemagne	**les** États-Unis
le Luxembourg	**la** Belgique	**l'**Autriche	**les** Pays-Bas
le Portugal	**la** Suisse	**l'**Espagne	
	la Turquie	**l'**Italie	
	la Grande-Bretagne		
→ aller **au** Canada	→ aller **en** France	→ aller **en** Allemagne	→ aller **aux** États-Unis

Die Ländernamen, die auf **-e** *enden, sind meistens weiblich.*
Einige wenige Ländernamen stehen im ***Plural:*** **les** États-Unis, **les** Pays-Bas.

Nationalités

m. / f.	m. / f.
un Français / une Français**e**	un Suisse / une Suisse
un Espagnol / une Espagnol**e**	un Belge / une Belge
un Allemand / une Allemand**e**	un Autrichien / une Autrichien**ne**
un Luxembourgeois / une Luxembourg**eoise**	un Italien / une Italien**ne**

G3 Les pronoms adverbiaux y et en → Leçon 1

Tu vas où?
- Tu vas **au concert** de M?
  - Oui, j'**y** vais à 19 heures.
  - Non, je n'**y** vais pas.
  - Non, je n'ai pas envie d'**y** aller.
  - Oui, je vais **y** aller demain.
  - Je ne vais pas **y** aller.
  - J'**y** suis déjà allé(e).
- **Le concert** était bien?
  - Je n'**y** suis pas allé(e).

Tu viens d'où?
- Tu **viens du** tennis / **du** foot / **de la** piscine?
  - Oui, j'**en** viens.

DÉJÀ VU **La quantité**

Tu en veux?
- Tu veux **du fromage**?
  - Oui, j'**en** prends un petit peu.
  - Non, je n'**en** veux pas.
  - Merci, j'**en** ai encore.

- Mit **y** können Ortsangaben ersetzt werden, die mit den Präpositionen **en**, **à**, **chez**, **sur** und **dans** eingeleitet werden. Es bedeutet „dorthin“ (in Richtung auf einen Ort) oder „dort“ (an einem Ort).
- **Y steht vor** der konjugierten Verbform.
- Bei der **Verneinung** werden **y** und die konjugierte Verbform von **ne … pas** umschlossen.

- Mit **en** können Ortsangaben ersetzt werden, die mit der Präposition **de** eingeleitet werden. Es bedeutet „von dort“ oder „von daher“.
- **En** ersetzt auch Mengenangaben, die mit der Präposition **de** eingeleitet werden. Hier bedeutet **en** „davon“.
- **En steht vor** der konjugierten Verbform.
- Bei der **Verneinung** werden **en** und die konjugierte Verbform von **ne … pas** umschlossen.

G4 Les adjectifs → Leçon 1

DÉJÀ VU

singulier		pluriel	
m.	f.	m.	f.
grand	grande	grands	grandes
fatigué	fatiguée	fatigués	fatiguées
courageux	courageuse	courageux	courageuses
jaloux	jalouse	jaloux	jalouses
agressif	agressive	agressifs	agressives

français	française	français	françaises
anglais	anglaise	anglais	anglaises
allemand	allemande	allemands	allemandes
espagnol	espagnole	espagnols	espagnoles
luxembourgeois	luxembourgeoise	luxembourgeois	luxembourgeoises
suisse	suisse	suisses	suisses
belge	belge	belges	belges
italien	italienne	italiens	italiennes
autrichien	autrichienne	autrichiens	autrichiennes
américain	américaine	américains	américaines

Beachtet: Aïcha est française. être *+ Adjektiv* → *Kleinschreibung*
C'est une Française. un / une *+ Nomen* → *Großschreibung*

- **Adjektive** richten sich nach dem Geschlecht des Bezugswortes (Nomen) (Il est fatigué., Elle est fatiguée.).
- Steht das **Bezugswort im Plural** und ist **maskulin**, hängt man in der Regel an die männliche Form des Adjektives ein **-s** an (les pulls verts). Manche maskuline Adjektive haben im Plural auch die Endungen -**eux**, -**oux** oder -**ifs**.
- Steht das **Bezugswort im Plural** und ist **feminin**, hängt man in der Regel an die männliche Form des Adjektives ein **-es** an (les jupes vertes). Manche feminine Adjektive haben im Plural auch die Endungen -**euses**, -**ouses** oder -**ives**.

→

beau / nouveau / vieux

singulier		pluriel	
m.	f.	m.	f.
un **beau** monument un **bel** hôtel	une **belle** place	des **beaux** monuments des **beaux**‿hôtels	des **belles** places
un **nouveau** parc un **nouvel** atelier	une **nouvelle** maison	des **nouveaux** parcs des **nouveaux**‿ateliers	des **nouvelles** maisons
un **vieux** monsieur un **vieil** ami	une **vieille** dame	des **vieux** messieurs des **vieux**‿amis	des **vieilles** dames

- Die Adjektive **beau**, **nouveau** und **vieux** haben im **Singular** drei Formen:
  zwei **maskuline** Formen: **beau / nouveau / vieux** vor **Konsonanten**
  bel / nouvel / vieil vor **Vokal** oder **stummem h**
  und eine feminine Form: **belle**, **nouvelle** und **vieille**.
- Im **Plural** gibt es nur **eine** maskuline und **eine** feminine Form.
- Das **-x** der maskulinen Form und das **-s** der femininen Form werden vor Vokal und stummem h gebunden.
  z. B.: des vieux‿amis, des nouvelles‿amies
- **Beau**, **nouveau** und **vieux** sind Adjektive, die **vor dem Nomen** stehen.

Beachte die Stellung der Adjektive:

Un projet moderne.
Une ville française.

Un nouveau projet.
Une grande ville.

Un nouveau projet moderne.
Une grande ville française.

Die meisten Adjektive stehen **nach dem Nomen**, insbesondere
- **Farbadjektive** und
- **Länderadjektive**.

Vor dem Nomen stehen einige häufig gebrauchte Adjektive wie **bon, grand, petit, beau, nouveau, vieux.**

G5 La comparaison de l'adjectif → Leçon 1

1. Le comparatif

le mont Cervin: 4478 m

la Zugspitze: 2962 m

le pic Carlit: 2921 m

le mont Blanc: 4810 m

Le mont Blanc est **plus haut que** le mont Cervin.	*höher als*	↑
Le pic Carlit est (presque) **aussi haut que** la Zugspitze.	*(fast) so hoch wie*	↔
La Zugspitze est **moins haute que** le mont Cervin.	*weniger hoch / niedriger als*	↓

- Der **Komparativ** (größer, weniger groß / kleiner) wird gebildet, indem man die Wörter **plus** (= **Aufwärtssteigerung** ↗) oder **moins** (= **Abwärtssteigerung** ↘) **vor** das Adjektiv stellt.
- Bei **Gleichheit** (genauso klein / groß) wird das Wort **aussi** (↔) **vor** das Adjektiv gestellt.
- Auf das Adjektiv folgt **que / qu'** (als / wie).
- Das **Adjektiv** ist **veränderlich**, es richtet sich nach dem Nomen, auf das es sich bezieht.

2. Le superlatif

En France,

le stade **le plus grand**, c'est le Stade de France.	*das größte Stadion*
la ville **la plus grande**, c'est Paris.	*die größte Stadt*
les monuments **les plus connus** sont la tour Eiffel et l'Arc de triomphe.	*die bekanntesten Sehenswürdigkeiten*
la montagne **la moins touristique** est le Massif central.	*das am wenigsten touristische Gebirge*

- Der **Superlativ** (der / die / das größte, kleinste, …) wird gebildet, indem man **den bestimmten Artikel vor plus oder moins setzt.**
- Das **Adjektiv** ist **veränderlich**, es richtet sich nach dem Nomen, auf das es sich bezieht.

G6 Les verbes pronominaux au passé → Leçon 2

se réveiller *aufwachen*

Je me suis réveill**é**
Tu t'es réveill**é**
Il s'est réveill**é**
} à 7 heures.

Je me suis réveill**ée**
Tu t'es réveill**ée**
Elle s'est réveill**ée**
} à 7 heures.

On s'est réveill**és**
Nous nous sommes réveill**és**
Vous vous êtes réveill**és**
Ils se sont réveill**és**

On s'est réveill**ées**
Nous nous sommes réveill**ées**
Vous vous êtes réveill**ées**
Elles se sont réveill**ées**

Aber:

Ils se sont réveill**és** à 7 heures.

Im passé composé werden die reflexiven Verben mit **être** gebildet.
Das **participe passé** wird an das **Subjekt** angeglichen.

Farid: Tu t'es levée à quelle heure ce matin? À 7 heures?
Emma: Non, je ne me suis pas levée à 7 heures mais à 8 heures.

G7 L'imparfait → Leçon 2

Pendant mon échange scolaire, j'**allais** tous les jours au collège avec mon corres. On **prenait** le bus et on **retrouvait** ses copains devant le collège. Comme il **faisait** beau, on **jouait** au basket après les cours. Il y **avait** une super ambiance. Ces trois mois en Espagne étaient fantastiques!

- Das **imparfait** ist eine Zeitform der **Vergangenheit**, die du verwendest,
  - um **Zustände** und **Gefühle** zu schildern *(description)*,
  - um **Gewohnheiten** oder **wiederholte Handlungen** zu beschreiben *(habitude)*.
- Typische Signalwörter sind:
  souvent, tous les jours, tous les samedis ...
- Das **imparfait** wird von der 1. Pers. Pl. Präsens abgeleitet:
  nous av-**ons** → nous av-**ions**
  nous fais-**ons** → nous fais-**ions**

jouer *spielen*

Je jou**ais**
Tu jou**ais**
Il / Elle / On jou**ait**
Nous jou**ions**
Vous jou**iez**
Ils / Elles jou**aient**
} au basket.

Endungen:
-ais, **-ais**, **-ait**, **-ions**, **-iez**, **-aient**

G8 Passé composé et imparfait → Leçon 2

Hier, Emma et Lina **sont allées** au lac à vélo. → action → **passé composé**

Il faisait très chaud.

Emma **est allée** dans l'eau.

Mais l'eau était froide, → situation → **imparfait** (description / habitude)

alors elle **est** vite **sortie**.

Ensuite, les deux copines **ont fait** du badminton.

Tout à coup, il **a commencé** à pleuvoir.

Alors, elles **ont** vite **rangé** leurs affaires.

Imparfait
(Hintergrund, Zustand, Gewohnheit)

- Das **imparfait** wird gebraucht, um erklärende und erläuternde Informationen zur Handlung zu geben (= Hintergrund, der die Begleitumstände eines Ereignisses oder einer Handlung näher beschreibt).

  Was war damals?
  Wie war die Situation, die Stimmung?
  Was geschah häufig oder regelmäßig?

- **Signalwörter:**
  toujours, tous les matins, tous les soirs, souvent, chaque matin / soir, le samedi …

Passé composé
(Handlung)

- Das **passé composé** wird gebraucht, um einmalige Handlungen und Ereignisse in der Vergangenheit zu erzählen (= Ereignisse und Handlungen, die im Vordergrund ablaufen).

  Was geschah dann? Und anschließend?
  Was passierte plötzlich?

- **Signalwörter:**
  d'abord, puis, enfin, tout à coup, ensuite, un jour, ce matin / soir, cette fois …

Zoom sur la grammaire: Leçons 1 – 2

G1 Les verbes pronominaux au présent (Die reflexiven Verben im Präsens)

se préparer	se lever
je **me** prépare	je **me** lève
tu **te** prépares	tu **te** lèves
il / elle / on **se** prépare	il / elle / on **se** lève
nous **nous** préparons	nous **nous** levons
vous **vous** préparez	vous **vous** levez
ils / elles **se** préparent	ils / elles **se** lèvent

G2 Les articles et les noms (Die Artikel und die Nomen)

Artikel sind Begleiter des Nomens. Sie sind wichtig, da im Französischen kein Nomen ohne Begleiter stehen kann.

		maskulin (männlich)		feminin (weiblich)
unbestimmter Artikel	Singular	un		une
	Plural	→	**des**	←
bestimmter Artikel	Singular	le / l'		la / l'
	Plural	→	**les**	←

le Canada	la France	l'Allemagne	**les** États-Unis
le Luxembourg	la Belgique	l'Autriche	**les** Pays-Bas
le Portugal	la Suisse	l'Espagne	
	la Turquie	l'Italie	
	la Grande-Bretagne		
→ aller au Canada	→ aller en France	→ aller en Allemagne	→ aller **aux** États-Unis

m. / f.	m. / f.
un Français / une Française	un Suisse / une Suisse
un Espagnol / une Espagnole	un Belge / une Belge
un Allemand / une Allemande	un Autrichien / une Autrichienne
un Luxembourgeois / une Luxembourgeoise	un Italien / une Italienne

G3 Les pronoms adverbiaux y et en (Die adverbialen Pronomen y und en)

y ersetzt Ortsangaben, die mit den Präpositionen **en**, **à**, **chez**, **sur** und **dans** eingeleitet werden.

Tu vas **au concert** de M? – Oui, j'**y** vais.
– Non, je n'**y** vais pas.

en ersetzt Ortsangaben und Mengenangaben, die mit der Präposition **de** eingeleitet werden.

Tu viens **de la piscine**? – Oui, j'**en** viens.
Tu veux **du fromage**? – Oui, j'**en** prends un peu.
– Non, je n'**en** veux pas.

G4 Les adjectifs (Die Adjektive)

Die Adjektive für Nationalitäten und Sprachen stehen **nach** dem Nomen und richten sich nach diesem.

masculin		**féminin**	
singulier	**pluriel**	**singulier**	**pluriel**
un texte français	les chocolats belges	la langue anglaise	les pizzas italiennes

Die Adjektive beau, nouveau und vieux stehen **vor** dem Nomen und richten sich nach diesem.

masculin		**féminin**	
singulier	**pluriel**	**singulier**	**pluriel**
beau / nouveau / vieux	beaux / nouveaux / vieux	belle / nouvelle / vieille	belles / nouvelles / vieilles
bel / nouvel / vieil			

G5 La comparaison de l'adjectif (Der Vergleich mit Adjektiven)

Le comparatif

(+) plus … que	(−) moins … que	(=) aussi … que
Le mont Blanc est **plus haut que** le mont Cervin.	La Zugspitze est **moins haute que** le mont Cervin.	Le pic Carlit est (presque) **aussi haut que** la Zugspitze.

Le superlatif

le plus …	le moins …
Le stade **le plus grand**, c'est …	La ville **la moins grande**, c'est …

G6 Les verbes pronominaux au passé (Die reflexiven Verben in der Vergangenheit)

Die reflexiven Verben in der Vergangenheit werden mit **être** gebildet:

se préparer	se lever
je **me suis** préparé(e)	je **me suis** levé(e)
tu **t'es** préparé(e)	tu **t'es** levé(e)
il / elle **s'est** préparé(e)	il / elle **s'est** levé(e)
on **s'est** préparé(e)(s)	on **s'est** levé(e)(s)
nous **nous sommes** préparé(e)s	nous **nous sommes** levé(e)s
vous **vous êtes** préparé(e)s	vous **vous êtes** levé(e)s
ils / elles **se sont** préparé(e)s	ils / elles **se sont** levé(e)s

G7 L'imparfait (Die einfache Vergangenheit)

jouer	avoir	être
je jou**ais**	j' **avais**	j' **étais**
tu jou**ais**	tu **avais**	tu **étais**
il / elle / on jou**ait**	il / elle / on **avait**	il / elle / on **était**
nous jou**ions**	nous **avions**	nous **étions**
vous jou**iez**	vous **aviez**	vous **étiez**
ils / elles jou**aient**	ils / elles **avaient**	ils / elles **étaient**

G8 Imparfait et passé composé (Die einfache und die zusammengesetzte Vergangenheit)

Imparfait
- Beschreibung des Hintergrunds
- Beschreibung des Zustands
- Beschreibung einer Gewohnheit

Signalwörter:
toujours, tous les matins, tous les soirs, souvent, chaque matin / soir, le samedi …

Passé composé
- Ablauf von Ereignissen
- plötzliches Geschehen
- plötzliche Änderung eines Zustands

Signalwörter:
d'abord, puis, enfin, tout à coup, ensuite, un jour, ce matin / soir, cette fois …

On fait des révisions!

→ Arbeitsblatt: Code s2g5k9, www.klett.de

Hier könnt ihr die **reflexiven Verben im Präsens** und die **Artikel und Nomen** üben. Die Lösungen findet ihr auf S. 50.

1 Le blog de Lilou → G1

a *Complétez le texte avec les **verbes pronominaux** au présent.*

Lilou_27
Bruxelles, Belgique • 16 août

Nous voilà à Bruxelles. Clara et Zak sont encore au lit, comme d'habitude. Ils ■ (se lever) tard. Moi, j'adore le matin. Je ■ (se lever) tôt, un peu de sport, puis je ■ (se doucher) et hop, petit déjeuner. Clara me demande souvent: Quand tu ■ (se lever), tu ■ (s'occuper) du programme, s'il te plaît?

b *Complétez le texte avec les **verbes pronominaux** au présent.*

s'occuper de (2x) | ne pas se coucher | ne pas se réveiller | ne pas se reposer

Pendant leur voyage, Lilou, Zak et Clara ■ différentes choses.
Lilou: Je prépare le programme de la journée tôt le matin parce que le soir, je ■ tard.
Zak: Moi, je cherche les horaires de train. Je ■ ça le soir parce que le matin, je ■ avant 10 heures.
Clara: Moi, je cherche les logements. Comme nous ■ beaucoup pendant la journée, c'est important d'avoir un hôtel près des monuments au centre.

2 En voyage → G2

a *Complétez avec les **articles** et les **noms des pays**.*

Exemple: 1. l'**Allemagne**

1. ■ A■

2. ■ S■

3. ■ F■

4. ■ I■

5. ■ E■

6. ■ L■

7. ■ B■

8. ■ G■

On fait des révisions!

→ Arbeitsblatt: Code s2g5k9, www.klett.de

Hier könnt ihr die **adverbialen Pronomen y und en** üben. Die Lösungen findet ihr auf S. 50.

b *Complétez les phrases avec une **préposition** et une ville ou un pays.*

à | en | aux | au

Belgique | Allemagne | Espagne | Italie | Luxembourg | Paris | États-Unis

Les jeunes parlent de leurs projets pour l'été:

1. Valentin: Ma grand-mère est parisienne, demain je prends le train pour lui rendre visite ■ ■.
2. Dalila: Mes parents parlent un peu italien, alors on part en vacances ■ ■.
3. Ryad: Cet été, ma copine va ■ ■ et elle va manger de la paella.
4. Julia: Pendant mon voyage en Europe, je vais ■ ■ pour visiter Bruxelles et Bruges.
5. Arthur: J'ai un cousin qui habite à New York. Je vais peut-être aller ■ ■ pour lui rendre visite.
6. Clément: Cet été, nous déménageons ■ ■, à Munich, avec toute la famille.
7. Nora: En août, je vais peut-être rendre visite à mon oncle ■ ■. Ce pays est vraiment très petit!

3 C'est où? → G3

a *Répondez aux questions et faites des phrases avec **y**.*

1. Vous allez au café à 16 heures?
   ☺ Oui, nous y allons à 16 heures.
   ☹ Non, ■
2. Tu vas à l'école en train?
   ☺ ■
   ☹ ■
3. Est-ce que papa va à la Fnac demain?
   ☺ ■
   ☹ ■
4. Elles veulent passer les vacances en Espagne?
   ☺ ■
   ☹ ■

b *Lucie et Sara sont à Bruxelles. Complétez le dialogue avec **y** ou **en**.*

Lucie: Qu'est-ce qu'on fait aujourd'hui?
Sara: J'aimerais aller au centre-ville.
Lucie: D'accord, alors on ■ va.
Sara: Il y a des restaurants sympa. Est-ce que tu as déjà goûté les gaufres ici?
Lucie: Non, je n'■ ai jamais mangé.
Sara: Après, je te propose d'aller au parc de Bruxelles. C'est super beau et on peut ■ faire une promenade.
Lucie: Oui, j'ai lu ça sur Internet. On ■ trouve aussi des monuments intéressants.
Sara: Bon, on va faire ça. Ensuite on peut retourner au centre-ville pour acheter des souvenirs.
Lucie: J'■ ai déjà, mais il m'■ faut un pour ma sœur. Et du chocolat, on ■ achète pour les copains.

On fait des révisions!

→ Arbeitsblatt: Code s2g5k9, www.klett.de

Hier könnt ihr die **Adjektive bon**, **nouveau** und **vieux** sowie den **Vergleich mit Adjektiven** üben. Die Lösungen findet ihr auf S. 50.

4 En Suisse → G4

Complétez les phrases avec les bonnes formes de ***beau****,* ***nouveau*** *ou* ***vieux****.*

Eliott envoie quelques photos et un message à ses grands-parents:

La Suisse, quel **b**■ pays! Comme vous voyez sur les photos, on a visité des **b**■ villes et on a aussi passé beaucoup de temps en montagne. Ma ville préférée, c'était Zurich. Dans le centre-ville, il y a beaucoup de **v**■ bâtiments, mais il y a aussi quelques **n**■ immeubles. Mais les endroits les plus **b**■ sont en montagne. Le glacier d'Aletsch par exemple est vraiment superbe. Et j'ai un **n**■ loisir: la randonnée. Sinon, on a aussi fait du VTT, même s'il ne faisait pas toujours **b**■. Une chance que j'ai apporté mes **v**■ baskets parce qu'on a aussi fait un tour sous la pluie. J'ai adoré! 🙂

5 On fait de la géographie → G5

Regardez le tableau et comparez. Complétez les phrases.

les villes		**les fleuves**		**les montagnes**	
Paris	105 km^2	la Seine	776 km	le pic Carlit	2 921 m
Bruxelles	32 km^2	la Loire	1 012 km	le pic du Midi	2 887 m
Berlin	891 km^2	le Rhône	812 km	le mont Blanc	4 810 m

1. *plus / aussi / moins … que*

- Paris est ■ Bruxelles. grand
- Bruxelles est ■ Berlin. grand
- La Seine est presque ■ le Rhône. long
- La Loire est ■ le Rhône. long
- Le pic du Midi est ■ le mont Blanc, haut
  mais presque ■ le pic Carlit. haut

2. *le / la plus / moins …*

- La ville ■, c'est Berlin. grand
- Le fleuve ■, c'est la Seine. long
- La montagne ■, c'est le mont Blanc. haut

On fait des révisions!

→ Arbeitsblatt: Code s2g5k9, www.klett.de

Hier könnt ihr die **reflexiven Verben in der Vergangenheit** und die **einfache Vergangenheit** üben. Die Lösungen findet ihr auf S. 50–51.

6 Berlin, c'est cool → G6

Écrivez l'e-mail d'Emily. Faites des phrases avec les ***verbes pronominaux*** *au passé composé.*

Pendant son échange scolaire Emily visite Berlin avec sa corres Julia. Samedi soir, elle écrit un e-mail à son ami Marc:

Salut Marc,
Aujourd'hui, on est arrivées à Berlin. C'était une journée longue, mais cool.
Ce matin, Julia et moi, nous *(se lever)* à cinq heures et demie.
Je *(se réveiller)* assez tôt parce que j'avais hâte de partir pour Berlin.
On *(se dépêcher)* pour aller à la gare[1] pour prendre le train à 7 heures.
Quand on est arrivées à Berlin, on était très fatiguées, mais on *(ne pas se reposer)* …
… nous *(se préparer)* très vite pour aller en ville.
Julia et moi, nous *(ne pas se promener)* tout de suite en centre-ville. D'abord on a mangé quelque chose.
Et toi, tu *(s'occuper de)* ton petit frère?
Vous *(se promener)* avec votre chien?
A+
Emily

1 la gare der Bahnhof

7 Tom et son grand-père → G7

a *Choisissez les expressions qui vont avec l'****imparfait****.*

1. tout à coup
2. quand j'étais jeune
3. tous les jours
4. normalement
5. tout le temps
6. d'abord … puis
7. souvent
8. tous les week-ends
9. ensuite

b *Mettez les verbes à l'****imparfait****.*

La famille de Tom habite à Paris. Mais pas depuis toujours …

1. Tom: Où est-ce que tu ■ *(habiter)* quand tu ■ *(être)* jeune?
2. Grand-père: On ■ *(ne pas vivre)* en ville. Mes parents ■ *(avoir)* une ferme[1].
3. Tom: Pourquoi est-ce que toi et ton frère, vous ■ *(vouloir)* partir à Paris?
4. Grand-père: Nous ■ *(ne pas avoir)* beaucoup d'argent[2]. Alors, on est allés à Paris parce qu'on ■ *(vouloir)* gagner plus d'argent.
5. Tom: D'accord. Et, la vie à la campagne ■ *(être)* comment?
6. Grand-père: Il y ■ *(avoir)* beaucoup de travail à la ferme. C'■ *(être)* difficile, tu sais. Tous les matins, mon frère et moi, nous ■ *(se lever)* très tôt pour aider nos parents. Quand on ■ *(arriver)* en cours, on ■ *(être)* déjà fatigués. L'après-midi, mon frère et moi, nous ■ *(travailler)* à la ferme et nous ■ *(faire)* nos devoirs après. Le soir, tout le monde ■ *(se coucher)* tôt, parce que nous ■ *(être)* fatigués.

1 une ferme ein Bauernhof **2 l'argent** *(m.)* Geld

On fait des révisions!

⟶ Arbeitsblatt: Code s2g5k9, www.klett.de

Hier könnt ihr die **einfache** und die **zusammengesetzte Vergangenheit** üben. Die Lösungen findet ihr auf S. 51.

8 Se faire des amis ⟶ G8

*Complétez avec les verbes à l'**imparfait** ou au **passé composé**.*

Matteo s'intéresse aux langues, alors en août, il ■ des cours de français	prendre
à Nantes. Après ses cours, il ■ et il ■ plusieurs villes françaises pour	voyager, visiter
améliorer son français et pour rencontrer des gens. Matteo ■ à Paris	être
pendant deux jours. Il ■ une chambre dans une auberge de jeunesse.	avoir
Tous les matins, il ■ son petit-déjeuner dans un café près de l'auberge.	prendre
Un jour, il y ■ Soraya, une jeune fille du Sénégal. D'abord, il ■ avec elle.	rencontrer, discuter
Puis, ils ■ au Sacré-Cœur. Il ■ chaud ce jour-là. Alors, ils ■ une glace.	aller, faire, manger
Ensuite, Soraya et Matteo ■ à une fête ensemble.	aller

G9 La proposition relative → Leçon 3

Le Zinzolin est un restaurant. **Il** se trouve à Avignon.
Le Zinzolin est un restaurant **qui** se trouve à Avignon.
*Das Zinzolin ist ein Restaurant, **das** sich in Avignon befindet.*

qui bezieht sich auf **Personen** oder **Sachen** und ist **Subjekt** des Relativsatzes.

Voilà Philippe. Mme Moretti a ouvert un restaurant avec lui.
Voilà Philippe **avec qui** Mme Moretti a ouvert un restaurant.
*Das ist Philippe, **mit dem** Mme Moretti ein Restaurant eröffnet hat.*

avec qui
Der Relativsatz mit **qui** kann auch mit den Präpositionen **à** / **avec** / **pour** / **sans** eingeleitet werden.

Le Zinzolin est un restaurant. **Au Zinzolin**, les repas sont délicieux.
Le Zinzolin est un restaurant **où** les repas sont délicieux.
*Das Zinzolin ist ein Restaurant, **wo** das Essen köstlich ist.*

où bezieht sich auf Orte und Räumlichkeiten.

La ratatouille est un plat. J'adore **ce plat**.
La ratatouille est un plat **que** j'adore.
*Ratatouille ist ein Gericht, **das** ich sehr mag.*

que / **qu'** bezieht sich auf **Personen** oder **Sachen** und ist **direktes Objekt** des Relativsatzes.

- Um zwei Hauptsätze oder einen Haupt- und Nebensatz miteinander zu verbinden, benutzt man eine Konjunktion oder ein **Relativpronomen.**
- Ein **Relativsatz** gibt **nähere Informationen** zu einer **Person**, **Sache** oder einem **Ort**.
- Er wird durch die **Relativpronomen (avec) qui**, **que** oder **où** eingeleitet.
- **qui** bezieht sich auf Personen oder Sachen und ist immer **Subjekt** des Relativsatzes. Auf **qui** folgt direkt das Verb.
- **que** bezieht sich auf Personen oder Sachen und ist immer **Objekt** des Relativsatzes.
- **où** steht für eine Ortsangabe.

G10 L'impératif affirmatif et négatif avec un pronom → Leçon 3

		les pronoms objets directs			**les pronoms objets indirects**		
Singulier	1. Pers.	Regarde-	**moi.**	*mich*	Montre-	**moi …**	*mir*
	2. Pers.		**toi.**	*dich*		**toi …**	*dir*
	3. Pers.	Regardons-	**le.**	*ihn*	Montrons-	**lui …**	*ihm*
			la.	*sie*		**lui…**	*ihr*
Pluriel	1. Pers.	Regardez-	**nous.**	*uns*	Montrez-	**nous …**	*uns*
	2. Pers.		**vous.**	*euch*		**vous …**	*euch*
	3. Pers.		**les.**	*sie*		**leur …**	*ihnen*

↓ ↓ ↓ Imperativ + - + Pronomen

↓ ↓ ↓ Imperativ + - + Pronomen

Statt **me** *und* **te** *stehen* **moi** *und* **toi**. *Das Gleiche gilt für Reflexivpronomen:* Lève-**toi**.

→

Comparez:

L'impératif affirmatif *(bejahter Imperativ)*	Regardez les photos. Regardez-les.	Montre-lui les photos.
L'impératif négatif *(verneinter Imperativ)*	**Ne** regardez **pas** les photos. **Ne** les regardez **pas**.	**Ne** lui montre **pas** les photos.

- Der **Imperativ** drückt einen Befehl oder eine Aufforderung aus.
- Der **Imperativ Singular** hat die gleiche Form wie die 1. Person Singular (j'écoute. – Écoute.)
- Der **Imperativ Plural** hat die gleiche Form wie die 2. Person Plural (vous écoutez. – Écoutez.) oder, wenn die Aufforderung an alle gerichtet ist, die gleiche Form wie die 1. Person Plural (nous écout**ons** – Écout**ons**.)

Imperativ mit Pronomen:
- Die Pronomen werden beim bejahten Imperativ **mit einem Bindestrich an das Verb angehängt.** (Regardez-nous.)
- Beim verneinten Imperativ **umschließt die Verneinung das Pronomen und den Imperativ.** Das Pronomen steht vor dem Verb. Hier wird kein Bindestrich verwendet. (Ne nous regardez pas.)

*G11 L'interrogation par inversion → Leçon 3

DÉJÀ VU

– C'est **qui**? ***Wer** ist das?*	– C'est Julie Moretti.	– **À quelle heure est-ce qu'**elle commence à travailler? ***Um wie viel Uhr** fängt sie an zu arbeiten?*	– À 11 h 00.
– **D'où est-ce qu'**elle vient? ***Woher** kommt sie?*	– De Paris.	– **Avec qui est-ce qu'**elle travaille? ***Mit wem** arbeitet sie?*	– Avec sa mère et Philippe.
– **Où est-ce qu'**elle habite? ***Wo** wohnt sie?*	– À Avignon.	– **Qu'est-ce que** Julie doit faire? ***Was** muss Julie tun?*	– Elle doit accueillir les clients, prendre leurs commandes …
– **Quand est-ce qu'**elle a déménagé? ***Wann** ist sie umgezogen?*	– Cette année.	– **Qu'est-ce qu'**il y a comme menu? ***Was** gibt es zu essen? / **Was** ist das Menü?*	– Du poulet à la crème.
– **Est-ce qu'**elle aime vivre à Avignon? *Wohnt sie gerne in Avignon?*	– Oui, c'est génial ici!	– **Comment est-ce qu'**elle trouve le travail de serveuse? ***Wie** findet sie die Arbeit als Kellnerin?*	– C'est difficile.
– **Que** fait Julie au restaurant de sa mère? ***Was** macht Julie im Restaurant ihrer Muttter?*	– Elle travaille comme serveuse.	– **Quel** est le plat préféré de Julie? ***Welches** Gericht mag Julie am liebsten?*	– Elle adore le cabillaud avec de la ratatouille.
– **Pourquoi est-ce qu'**elle travaille comme serveuse? ***Warum** arbeitet sie als Kellnerin?*	– Parce que sa mère n'a pas assez de serveurs.		

→

Verschiedene Formen, eine Frage zu stellen:

- **Est-ce que** vous servez du poisson?
- **Vous servez** du poisson?
- **Servez-vous** du poisson?

- **Est-ce qu'elle habite** à Avignon?
- **Elle habite** à Avignon?
- **Habite-t-elle** à Avignon?

- **Est-ce qu'il y a** un café près d'ici?
- **Il y a** un café près d'ici?
- **Y-a-t-il** un café près d'ici?

- Frage mit **est-ce que**
- **Intonationsfrage**
- ***Inversionsfrage**

Bei der **Inversionsfrage** steht ein **Bindestrich** zwischen Verb und Personalpronomen. Folgen **zwei Vokale** aufeinander, muss ein **-t-** eingeschoben werden.

Comparez:

Standardsprache:	**Où est-ce que** tu habites?
Umgangssprache:	Tu habites **où**?
Gehobene Sprache:	**Où** habites-tu?

- In der **gesprochenen und der geschriebenen Sprache** kann man eine **Frage** auch mit der Formel **est-ce que** bilden.
- Die **Wortfolge** bleibt wie im Aussagesatz: **Est-ce que + Subjekt + Verb + Objekt**
- Der Frageformel **est-ce que** kann auch ein **Fragewort (Pourquoi …, À quelle heure …)** vorangestellt werden.
- Die Inversionsfrage wird eher in der geschriebenen Sprache verwendet. Das Verb steht vor dem Personalpronomen.

*rezeptive Grammatik

Zoom sur la grammaire: Leçon 3

G9 La proposition relative (Der Relativsatz)

	Bezieht sich auf …	**Funktion im Relativsatz**
qui	Personen oder Sachen	Subjekt
à / avec / pour / sans qui	Personen oder Sachen	Objekt
que / qu'	Personen oder Sachen	Objekt
où	Orte und Räumlichkeiten	Subjekt oder Objekt

G10 L'impératif affirmatif et négatif avec un pronom (Der bejahte und verneinte Imperativ mit Pronomen)

Bejahter Imperativ

	moi.		moi …
	toi.		toi …
Regarde-	le.	Montre-	lui …
Regardons-	la.	Montrons-	lui …
Regardez-	nous.	Montrez-	nous …
	vous.		vous …
	les.		leur …

Verneinter Imperativ

Ne les regardez pas. | Ne lui montre pas …

G11 L'interrogation par inversion (Die Inversionsfrage)

	Fragewort+ Frageformel	**Subjekt**	**Verb**
Standardsprache:	Où est-ce que	tu	habites?

	Fragewort	**Verb**	**Subjekt**
Gehobene Sprache:	Où	habites-	tu?

	Fragewort+ Frageformel	**Subjekt**	**Verb**
Standardsprache:	Où est-ce qu'	il	va?

	Fragewort	**Verb**		**Subjekt**
Gehobene Sprache:	Où	va-	t-	il?

On fait des révisions!

→ Arbeitsblatt: Code s2g5k9, www.klett.de

Hier könnt ihr den **Relativsatz** und den **Imperativ mit Pronomen** üben. Die Lösungen findet ihr auf S. 51.

9 Un resto qui a du cœur → G9

a *C'est qui? Complétez les phrases. Complétez avec* ***sans qui, pour qui*** *ou* ***avec qui.***

1. Voilà Mme Moretti, la propriétaire d'un restaurant ■ les clients sont très importants.

2. Voilà Philippe ■ Mme Moretti a ouvert le Zinzolin. Voilà Philippe ■ Julie n'aime pas travailler.

3. Voilà M. Bonnard ■ Julie prépare un café.

4. Voilà Mme Jousse ■ M. Jousse mange au restaurant.

b *Complétez les phrases avec* ***qui, pour qui, que / qu', où.***

Mme Moretti a trouvé un article intéressant.

Les Restos du Cœur, c'est un endroit ■ les personnes pauvres[1] peuvent manger en hiver. Ils servent des repas à des personnes ■ vivent dans la rue. Les repas ■ ils servent sont chauds. Les Restos du Cœur préparent leurs repas avec des produits[2] ■ des marchés et supermarchés leur donnent. Ils aident les personnes en difficulté[3] ■ ces repas sont très importants. Les Restos du Cœur sont aussi des lieux de rencontre ■ on peut boire un café et parler avec les gens.

LES RESTAURANTS DU COEUR

1 pauvre arm **2 un produit** ein Produkt **3 en difficulté** in Schwierigkeiten

On fait des révisions!

→ Arbeitsblatt: Code s2g5k9, www.klett.de

Hier könnt ihr den **Imperativ mit Pronomen** und die **Inversionsfrage** üben. Die Lösungen findet ihr auf S. 51.

10 Aide-moi! → G10

*Complétez le dialogue avec les verbes à l'**impératif avec un pronom**.*

aider qn | apporter qc à qn | excuser qn | ne pas prendre qc

Elias Leconte est au Zinzolin avec Laure, une amie.

1. Elias: Ce restaurant est super. Tu vas voir. Tiens, voilà la carte.
2. Laure: Ce n'est pas facile. Il y a beaucoup de plats que j'aime. Je ne sais pas. Alors, ■, s'il te plaît. Qu'est-ce que tu recommandes?
3. Elias: Moi, je prends le menu à 25 €. Il est délicieux. Et toi?
4. Laure: Mh … Il y de la ratatouille et je n'aime pas trop ça.
5. Elias: D'accord. Alors, ■. Tu peux choisir le menu à 21 €.
6. Laure: Très bonne idée.

Le serveur arrive.

7. Serveur: ■, vous avez choisi?
8. Elias: Oui, on aimerait un menu à 25 € et un menu à 21 €.
9. Serveur: Oui, bien sûr. Et vous prenez aussi un dessert?
10. Elias: Oui, ■ la carte des desserts, s'il vous plaît.
11. Serveur: Oui, j'arrive tout de suite avec la carte.

11 Avez-vous réservé? → G11

*Refaites les questions et utilisez la question avec **est-ce que**.*

Aujourd'hui, les clients du Zinzolin posent beaucoup de questions.

1. Y a-t-il encore du cabillaud?
2. Notre table, est-elle déjà prête?
3. Servez-vous des plats végétariens?

4. Avez-vous une table pour deux personnes?
5. Pouvez-vous nous apporter l'addition, s'il vous plaît?
6. Que recommandez-vous avec le poulet rôti?

G12 Le futur simple → Leçon 4

manger *essen*	
Je manger**ai**	une gaufre.
Tu manger**as**	
Il / Elle / On manger**a**	
Nous manger**ons**	
Vous manger**ez**	
Ils / Elles manger**ont**	

Endungen:
-ai, **-as**, **-a**, **-ons**, **-ez**, **-ont**

- Il fera quel temps demain?
- Il fera beau et il fera 25 degrés.
- Tu prendras ton appareil photo?
- Non, je prendrai seulement mon portable.

- Handlungen, die in der Zukunft stattfinden, kannst du im Französischen nicht nur durch das **futur composé** (zusammengesetzte Zukunft), sondern auch durch das **futur simple** (einfache Zukunft) ausdrücken.
- Das **futur simple** bezeichnet eher die **ferne Zukunft** bzw. die Zukunft, die von der Gegenwart losgelöst ist (z. B.: demain, l'année prochaine, dans deux mois etc.).
- Das **futur simple** wird bei regelmäßigen Verben (auf **-er** und **-ir**) vom Infinitiv abgeleitet. Bei Verben auf **-dre** enfällt das **e** am Ende. Da es aber viele **Besonderheiten** gibt, solltest du in der Konjugationstabelle nachschlagen.
- Das **futur simple** verwendet man eher **in der geschriebenen** oder in der **offiziellen Sprache**, z. B. im Wetterbericht. In der **gesprochenen Sprache** werden sowohl das **futur composé** als auch das **futur simple** verwendet.

Unregelmäßige Verben

avoir	être	faire	aller	venir
il aura	elle sera	on fera	elle ira	il viendra

vouloir	pouvoir	devoir	savoir	voir
il voudra	elle pourra	il devra	elle saura	il verra

Weitere Formen findet ihr in der Konjugationstabelle → G16.

G13 La proposition de condition (type I) → Leçon 4

Erfüllbare Bedingung

Si on **va** à la plage,	on **jouera** aux cartes.
Si + présent	**futur simple**

E
Vergleicht: If we **go** the beach, we **will play** cards.

- Mit einem **si-Satz** kannst du eine Bedingung ausdrücken, die erfüllbar oder nicht erfüllbar ist.
- Bei der erfüllbaren Bedingung steht der si-Satz im **présent**, der Hauptsatz steht im **futur simple**.

G14 Le discours indirect et l'interrogation indirecte → Leçon 5

Le discours indirect

Belleville est un quartier génial.	Il y a un marché avec des spécialités internationales.	J'ai même rencontré un humoriste là-bas!
Djalil **dit que** Belleville est un quartier génial.	Il **explique qu'**il y a un marché avec des spécialités internationales.	Il **raconte qu'**il a même rencontré un humoriste là-bas.

- Im Aussagesatz kann **die indirekte Rede** z. B. mit folgenden Verben eingeleitet werden: **dire que** (sagen, dass), **expliquer que** (erklären, dass) und **raconter que** (erzählen, dass).
- Die indirekte Rede wird immer mit **que** eingeleitet. Im Französischem steht **vor que kein Komma**.
- Vor Vokalen wird **que** zu **qu'** verkürzt.

L'interrogation directe	**L'interrogation indirecte**
Tu as déjà réalisé un graffiti?	Nolan **veut savoir si** Djalil a déjà réalisé un graffiti.
Tu vas à Belleville cet après-midi?	Nolan **demande si** Djalil va à Belleville cet après-midi.
Pourquoi est-ce que tu es triste?	Nolan **veut savoir pourquoi** Djalil est triste.

- Die **indirekte Frage** kann z. B. mit **vouloir savoir si** (wissen wollen, ob) oder **demander si** (fragen, ob) eingeleitet werden:
- Vor **il / ils** wird **si** zu s' verkürzt. Jedoch **nicht** vor **elle / elles**.
- **Est-ce que** entfällt in der indirekten Frage.

Comparez: J'ai retrouvé **mes** affaires! → Djalil **dit qu'il** a retrouvé **ses** affaires.

- In der indirekten Rede / Frage müssen die Pronomen angeglichen werden.

G15 La négation personne ne, rien ne → Leçon 5

TIPP Auf eine verneinte Frage antwortet ihr mit «**si**» (doch).

DÉJÀ VU

présent

– Tu	ne	**joues**	plus			au tennis?
– Non, je	n'en	**ai**	plus			envie,
mais je	ne	**dis**	rien			à mes parents.
– Tu	ne	**veux**	pas	leur en	**parler?**	

futur composé

Ses parents	ne	**vont**	pas	**comprendre.**

passé composé

– Tu	n'	**as**	jamais	**vu**	de film en anglais?
– Si, mais aujourd'hui, je	n'	**ai presque**	rien	**compris.**	

imparfait

D'ailleurs, le film	n'	**était**	pas	super.

futur simple

Je	ne	**regarderai**	plus	ce genre de film.

Comparez:

Je **n'**entends **personne.**	*Ich höre niemanden.*	**Personne ne** parle.	*Niemand spricht.*
Je **ne** veux **rien** faire.	*Ich will nichts tun.*	**Rien ne** m'intéresse.	*Nichts interessiert mich.*

ne … pas	*nicht*	**ne … jamais**	*nie*	**Personne ne …**	*Niemand*
ne … pas encore	*noch nicht*	**ne … personne**	*niemanden*	**Rien ne …**	*Nichts*
ne … plus	*nicht mehr*	**ne … rien**	*nichts*		

- Im Französischen bildest du die Verneinung mit zwei Wörtern: **ne** und **pas / plus / rien / jamais / …**
- Sie umklammern das Verb:

  Farid **ne** va **pas** au stade. / Lina **n'** a **pas** trouvé son sac.

- Vor Vokal oder „stummem h" wird **ne** zu **n'**.
- Ist die Verneinung Subjekt des Satzes, wird sie an den Satzanfang gestellt: **Personne ne …**, **Rien ne …**

Zoom sur la grammaire: Leçons 4 – 5

G12 Le futur simple (Das einfache Futur)

jouer	avoir	être
je **jouerai**	j' **aurai**	je **serai**
tu **joueras**	tu **auras**	tu **seras**
il / elle / on **jouera**	il / elle / on **aura**	il / elle / on **sera**
nous **jouerons**	nous **aurons**	nous **serons**
vous **jouerez**	vous **aurez**	vous **serez**
ils / elles **joueront**	ils / elles **auront**	ils / elles **seront**

G13 La proposition de condition (type I) (Der Konditionalsatz, Typ I)

Erfüllbare Bedingung

Si + présent,	**futur simple**
Si on **va** à la plage,	on **jouera** aux cartes.

G14 Le discours indirect et l'interrogation indirecte (Die indirekte Rede / Frage)

Aussage

direkt			
Sophia:		**Je vais** à Paris demain.	Paris est une belle ville.
indirekt			
Elle	dit explique raconte	qu'**elle va** à Paris demain.	… que Paris est une belle ville.

Frage

direkt			
Arthur:		**Tu vas** aussi à Strasbourg?	Quand est-ce que **tu pars**?
indirekt			
Il	demande veut savoir	s'il/si **elle va** aussi à Strasbourg.	… quand **elle part**.

G15 La négation personne ne, rien ne (Die Verneinung mit personne ne, rien ne)

Ist die Verneinung Subjekt des Satzes, steht sie am Satzanfang.

Personne ne me répond.	**Niemand** antwortet mir.
Rien ne me dérange.	**Nichts** stört mich.

On fait des révisions!

→ Arbeitsblatt: Code s2g5k9, www.klett.de

Hier könnt ihr das **einfache Futur** und den **Konditionalsatz Typ I** üben. Die Lösungen findet ihr auf S. 51–52.

12 Des vacances connectées? → G12

*Mettez les verbes au **futur simple**.*

Les copains discutent. Qu'est-ce qu'ils ■ pendant les vacances? — faire

Noah: Pendant les vacances, j'■ chez ma tante dans les Alpes. Je ■ mon — aller, prendre

portable et ma tablette avec moi. Comme ça, on ■ en contact. Et vous alors, — rester

qu'est-ce que vous ■? — faire

Marcel: Je ■ Madrid avec mes cousins. — visiter

Noah: Génial, tu nous ■ des photos? — envoyer

Marcel: Oui, bien sûr. On ■ aussi passer des appels vidéo pendant les vacances. — pouvoir

Nicole et Céline: Pas nous.

Céline: On ■ nos portables à la maison. On ■ les vacances à la mer avec nos — laisser, passer

parents. Eux aussi, ils ■ de portable. — ne pas avoir

Alors, nous ■ connectées. Mais comme ça, on ■ plus d'activités en famille. — ne pas être, faire

13 Qu'est-ce que tu feras si ...? → G13

Complétez les phrases.

Lyna: Tu vas en Grande-Bretagne chez tes grands-parents cet été?

Oscar: Oui, je pense. Mais ...

1. ... si je vais en Grande-Bretagne, je ■ aussi mon cousin à Liverpool. — visiter
2. Et s'il fait beau, on ■ à la plage. — aller
3. S'il ■, on regardera des film avec ses copains. — pleuvoir
4. Si ma grande sœur ■ aussi, on ira à Londres ensemble. — venir
5. Mais si je reste en France, on ■ quelque chose ensemble, non? — faire

Lyna: Bien sûr!

On fait des révisions!

→ Arbeitsblatt: Code s2g5k9, www.klett.de

Hier könnt ihr die **indirekte Rede** und die **Verneinung mit personne ne** und **rien ne** üben. Die Lösungen findet ihr auf S. 52.

14 Elle dit qu'elle vient à Paris → G14

Lisez le chat puis mettez-le au discours indirect.

Malia va à Paris pour rendre visite à sa tante pendant quelques jours. Elle va aussi retrouver son copain Samuel.

Malia: J'arrive à Paris ce soir.

Samuel: Tu viens en train?

Malia: Oui, je prends le TGV. Il arrive à 18 heures.

Samuel: Alors je serai à la gare à 18 heures. 🙂

Malia: On fera quelque chose ensemble?

Samuel: Oui. Tu veux aller au café-concert Montmartre?

Malia: C'est une super idée. J'adore ce café-concert.

Samuel: Cool. Noémie et Djalil viennent aussi.

Malia: Je les connais? Est-ce qu'ils sont dans ton club de foot?

Samuel: Non, ils sont dans ma classe. Tu verras, ils sont sympas. 🙂

15 Rien ne se passe sans le Pass → G15

Complétez le dialogue avec ***personne ne*** *ou* ***rien ne****.*

Un jour après le concert, Malia chatte avec Samuel.

Malia: Salut. Ça va?

Samuel: Bof. ■ va aujourd'hui … Le week-end prochain, j'aimerais inviter des copains mais ■ est à Paris. Pourquoi est-ce que tu dois retourner à Nantes demain? 😥

Malia: Bonne question. Il ne se passe jamais rien chez moi …

Je vais demander à ma tante si je peux rester chez elle à Paris encore une semaine.

Samuel: Cool!

Alors?

Malia: ■ répond. Attends, je vais appeler ma mère et ma tante en même temps.

Samuel: O.K.

Malia: ■ a un problème. Alors, qu'est-ce qu'on fait le week-end prochain? 🙂

Samuel: Trop cool! ■ me plaît au café-concert mais on peut faire une soirée ciné chez moi?

Malia: C'est top.

G16 Tableaux de conjugaison

1. Die Verben auf -er

infinitif … impératif	présent	imparfait	futur simple	passé composé
chercher *suchen* … Cherche … Cherchez …	je cherche tu cherches il / elle / on cherche nous cherchons vous cherchez ils / elles cherchent	je cherchais tu cherchais il / elle / on cherchait nous cherchions vous cherchiez ils / elles cherchaient	je chercherai tu chercheras il / elle / on cherchera nous chercherons vous chercherez ils / elles chercheront	j'ai cherché

ebenso: alle regelmäßigen Verben auf -er, die mit Konsonant beginnen, z. B. regarder, préparer …

écouter *zuhören* … Écoute. Écoutez.	j'écoute tu écoutes il / elle / on‿écoute nous‿écoutons vous‿écoutez ils / elles‿écoutent	j'écoutais tu écoutais il / elle / on‿écoutait nous‿écoutions vous‿écoutiez ils / elles‿écoutaient	j'écouterai tu écouteras il / elle / on‿écoutera nous‿écouterons vous‿écouterez ils / elles‿écouteront	j'ai écouté

ebenso: alle regelmäßigen Verben auf -er, die mit Vokal oder stummem h beginnen, z. B. adorer, aimer …

Verben auf -er mit Besonderheiten

acheter *kaufen* … Achète … Achetez …	j'achète tu achètes il / elle / on‿achète nous‿achetons vous‿achetez ils / elles‿achètent	j'achetais tu achetais il / elle / on‿achetait nous‿achetions vous‿achetiez ils / elles‿achetaient	j'achèterai tu achèteras il / elle / on‿achètera nous‿achèterons vous‿achèterez ils / elles‿achèteront	j'ai acheté
préférer *besser finden* …	je préfère tu préfères il / elle / on préfère nous préférons vous préférez ils / elles préfèrent	je préférais tu préférais il / elle / on préférait nous préférions vous préfériez ils / elles préféraient	je préférerai tu préféreras il / elle / on préférera nous préférerons vous préférerez ils / elles préféreront	j'ai préféré

ebenso: espérer *(hoffen)*

TIPP Achtet besonders auf die Accents.

infinitif … impératif	présent	imparfait	futur simple	passé composé
commencer *anfangen, beginnen* … Commence … Commencez …	je commence tu commences il / elle / on commence nous commençons vous commencez ils commencent	je commençais tu commençais il / elle / on commençait nous commencions vous commenciez ils / elles commençaient	je commencerai tu commenceras il / elle / on commencera nous commencerons vous commencerez ils / elles commenceront	j'ai commencé

ebenso: influencer *(beeinflussen)*

manger *essen* … Mange … Mangez …	je mange tu manges il / elle / on mange nous mangeons vous mangez ils / elles mangent	je mangeais tu mangeais il / elle / on mangeait nous mangions vous mangiez ils / elles mangeaient	je mangerai tu mangeras il / elle / on mangera nous mangerons vous mangerez ils / elles mangeront	j'ai mangé

ebenso: changer *(ändern)*, charger *(laden, beladen)*, déménager *(umziehen)*, déranger qn *(jdn. stören)*, nager *(schwimmen)*, partager *(teilen)*, ranger *(aufräumen)*

appeler *anrufen, rufen* … Appelle … Appelez …	j'appelle tu appelles il / elle / on appelle nous appelons vous appelez ils / elles appellent	j'appelais tu appelais il / elle / on appelait nous appelions vous appeliez ils / elles appelaient	j'appellerai tu appelleras il / elle / on appellera nous appellerons vous appellerez ils / elles appelleront	j'ai appelé

ebenso: s'appeler *(heißen)*: je m'appelle

payer *zahlen, bezahlen* … Paie … Payez …	je paie tu paies il / elle / on paie nous payons vous payez ils / elles paient	je payais tu payais il / elle / on payait nous payions vous payiez ils / elles payaient	je paierai tu paieras il / elle / on paiera nous paierons vous paierez ils / elles paieront	j'ai payé

ebenso: essayer *(versuchen)*, nettoyer *(sauber machen)*

2. Verben auf -dre

infinitif … impératif	présent	imparfait	futur simple	passé composé
répondre *anworten* … Réponds. Répondez.	je réponds tu réponds il / elle / on répond nous répondons vous répondez ils / elles répondent	je répondais tu répondais il / elle / on répondait nous répondions vous répondiez ils / elles répondaient	je répondrai tu répondras il / elle / on répondra nous répondrons vous répondrez ils / elles répondront	j'ai répondu

ebenso: attendre *(warten)*, descendre *(hinuntergehen; aussteigen)*, entendre *(hören)*, perdre *(verlieren)*, rendre *(zurückgeben)*, vendre *(verkaufen)*

3. Verben auf -ir

partir *abfahren, wegfahren, weggehen* … Pars. Partez.	je pars tu pars il / elle / on part nous partons vous partez ils / elles partent	je partais tu partais il / elle / on partait nous partions vous partiez ils / elles partaient	je partirai tu partiras il / elle / on partira nous partirons vous partirez ils / elles partiront	je suis parti je suis partie

ebenso: dormir *(schlafen)*, servir *(servieren)*, sentir *(riechen)*, sortir *(ausgehen, mit jdm. gehen)*

Verben auf -ir mit Stamm-Erweiterung

choisir *(aus)wählen* … Choisis. Choisissez.	je choisis tu choisis il / elle / on choisit nous choisissons vous choisissez ils / elles choisissent	je choisissais tu choisissais il / elle / on choisissait nous choisissions vous choisissiez ils / elles choisissaient	je choisirai tu choisiras il / elle / on choisira nous choisirons vous choisirez ils / elles choisiront	j'ai choisi

ebenso: finir *(beenden)*, réagir *(auf etw. reagieren)*, réfléchir *(nachdenken, überlegen)*

4. Reflexive Verben

infinitif … impératif	présent	imparfait	futur simple	passé composé
se préparer *sich vorbereiten* … Prépare-toi. Préparez-vous.	je me prépare tu te prépares il / elle / on se prépare nous nous préparons vous vous préparez ils / elles se préparent	je me préparais tu te préparais il / elle / on se préparait nous nous préparions vous vous prépariez ils / elles se préparaient	je me préparerai tu te prépareras il / elle / on se préparera nous nous préparerons vous vous préparerez ils / elles se prépareront	je me suis préparé je me suis préparée

ebenso: se baigner *(baden)*, s'occuper de *(sich kümmern um)*, se promener *(spazieren gehen)*, se débrouiller *(zurechtkommen)*, se dépêcher *(sich beeilen)*, se réveiller *(aufwachen)*, …

se lever *aufstehen* … Lève-toi. Levez-vous.	je me lève tu te lèves il / elle / on se lève nous nous levons vous vous levez ils / elles se lèvent	je me levais tu te levais il / elle / on se levait nous nous levions vous vous leviez ils / elles se levaient	je me lèverai tu te lèveras il / elle / on se lèvera nous nous lèverons vous vous lèverez ils / elles se lèveront	je me suis levé je me suis levée

5. Unregelmäßige Verben

accueillir *empfangen* *aufnehmen* …	j'accueille tu accueilles il / elle / on accueille nous accueillons vous accueillez ils / elles accueillent	j'accueillais tu accueillais il / elle / on accueillait nous accueillions vous accueilliez ils / elles accueillaient	j'accueillerai tu accueilleras il / elle / on accueillera nous accueillerons vous accueillerez ils / elles accueilleront	j'ai accueilli
avoir *haben* … Aie … Ayez …	j'ai tu as il / elle / on a nous avons vous avez ils / elles ont	j'avais tu avais il / elle / on avait nous avions vous aviez ils / elles avaient	j'aurai tu auras il / elle / on aura nous aurons vous aurez ils / elles auront	j'ai eu
être *sein* … Sois … Soyez …	je suis tu es il / elle / on est nous sommes vous êtes ils / elles sont	j'étais tu étais il / elle / on était nous étions vous étiez ils / elles étaient	je serai tu seras il / elle / on sera nous serons vous serez ils / elles seront	j'ai été

infinitif ... impératif	présent	imparfait	futur simple	passé composé
aller *gehen, fahren* ... **Va** ... Allez ...	je **vais** tu **vas** il / elle / on **va** nous **allons** vous **allez** ils / elles **vont**	j'all**ais** tu all**ais** il / elle / on all**ait** nous all**ions** vous all**iez** ils / elles all**aient**	j'**irai** tu **iras** il / elle / on **ira** nous **irons** vous **irez** ils / elles **iront**	je **suis** allé je **suis** allée
boire *trinken* ... Bois. Buvez.	je **bois** tu **bois** il / elle / on **boit** nous buv**ons** vous buv**ez** ils / elles **boivent**	je buv**ais** tu buv**ais** il / elle / on buv**ait** nous buv**ions** vous buv**iez** ils / elles buv**aient**	je boir**ai** tu boir**as** il / elle / on boir**a** nous boir**ons** vous boir**ez** ils / elles boir**ont**	j'ai **bu**
connaître *kennen* ...	je **connais** tu **connais** il / elle / on **connaît** nous **connaissons** vous **connaissez** ils / elles **connaissent**	je connaiss**ais** tu connaiss**ais** il / elle / on connaiss**ait** nous connaiss**ions** vous connaiss**iez** ils / elles connaiss**aient**	je connaîtr**ai** tu connaîtr**as** il / elle / on connaîtr**a** nous connaîtr**ons** vous connaîtr**ez** ils / elles connaîtr**ont**	j'ai **connu**

ebenso: disparaître *(verschwinden)*

croire *glauben* ... Crois ... Croyez ...	je **crois** tu **crois** il / elle / on **croit** nous croy**ons** vous croy**ez** ils / elles **croient**	je croy**ais** tu croy**ais** il / elle / on croy**ait** nous croy**ions** vous croy**iez** ils / elles croy**aient**	je croir**ai** tu croir**as** il / elle / on croir**a** nous croir**ons** vous croir**ez** ils / elles croir**ont**	j'ai **cru**
devoir *müssen, sollen* ...	je **dois** tu **dois** il / elle / on **doit** nous dev**ons** vous dev**ez** ils / elles **doivent**	je dev**ais** tu dev**ais** il / elle / on dev**ait** nous dev**ions** vous dev**iez** ils / elles dev**aient**	je devr**ai** tu devr**as** il / elle / on devr**a** nous devr**ons** vous devr**ez** ils / elles devr**ont**	j'ai **dû**

infinitif ... impératif	présent	imparfait	futur simple	passé composé
dire *sagen* ... Dis. Dites.	je **dis** tu **dis** il / elle / on **dit** nous **disons** vous **dites** ils / elles **disent**	je dis**ais** tu dis**ais** il / elle / on dis**ait** nous dis**ions** vous dis**iez** ils / elles dis**aient**	je di**rai** tu di**ras** il / elle / on di**ra** nous di**rons** vous di**rez** ils / elles di**ront**	j'ai **dit**
écrire *schreiben* ... Écris. Écrivez.	j'écris tu écris il / elle / on écrit nous écriv**ons** vous écriv**ez** ils / elles écriv**ent**	j'écriv**ais** tu écriv**ais** il / elle / on écriv**ait** nous écriv**ions** vous écriv**iez** ils / elles écriv**aient**	j'écri**rai** tu écri**ras** il / elle / on écri**ra** nous écri**rons** vous écri**rez** ils / elles écri**ront**	j'ai écrit

ebenso: décrire *(beschreiben)*

infinitif ... impératif	présent	imparfait	futur simple	passé composé
envoyer *schicken* ... Envoie ... Envoyez ...	j'envo**ie** tu envo**ies** il / elle / on envo**ie** nous envoy**ons** vous envoy**ez** ils / elles envo**ient**	j'envoy**ais** tu envoy**ais** il / elle / on envoy**ait** nous envoy**ions** vous envoy**iez** ils / elles envoy**aient**	j'**enverrai** tu **enverras** il / elle / on **enverra** nous **enverrons** vous **enverrez** ils / elles **enverront**	j'ai envoyé
faire *machen* ... Fais ... Faites ...	je fais tu fais il / elle / on fait nous fais**ons** vous **faites** ils / elles **font**	je fais**ais** tu fais**ais** il / elle / on fais**ait** nous fais**ions** vous fais**iez** ils / elles fais**aient**	je **ferai** tu **feras** il / elle / on **fera** nous **ferons** vous **ferez** ils / elles **feront**	j'ai fait
lire *lesen* ... Lis ... Lisez ...	je lis tu lis il / elle / on lit nous lis**ons** vous lis**ez** ils / elles lis**ent**	je lis**ais** tu lis**ais** il / elle / on lis**ait** nous lis**ions** vous lis**iez** ils / elles lis**aient**	je li**rai** tu li**ras** il / elle / on li**ra** nous li**rons** vous li**rez** ils / elles li**ront**	j'ai **lu**
mettre *setzen, stellen, legen* ... Mets ... Mettez ...	je **mets** tu **mets** il / elle / on **met** nous mett**ons** vous mett**ez** ils / elles mett**ent**	je mett**ais** tu mett**ais** il / elle / on mett**ait** nous mett**ions** vous mett**iez** ils / elles mett**aient**	je mett**rai** tu mett**ras** il / elle / on mett**ra** nous mett**rons** vous mett**rez** ils / elles mett**ront**	j'ai **mis**

infinitif … impératif	présent	imparfait	futur simple	passé composé
offrir *anbieten, schenken* … Offre … Offrez …	j'offre tu offres il / elle / on offre nous offrons vous offrez ils / elles offrent	j'offrais tu offrais il / elle / on offrait nous offrions vous offriez ils / elles offraient	j'offrirai tu offriras il / elle / on offrira nous offrirons vous offrirez ils / elles offriront	j'ai offert
ouvrir *öffnen, eröffnen* … Ouvre … Ouvrez …	j'ouvre tu ouvres il / elle / on ouvre nous ouvrons vous ouvrez ils / elles ouvrent	j'ouvrais tu ouvrais il / elle / on ouvrait nous ouvrions vous ouvriez ils / elles ouvraient	j'ouvrirai tu ouvriras il / elle / on ouvrira nous ouvrirons vous ouvrirez ils / elles ouvriront	j'ai ouvert

ebenso: découvrir *(entdecken)*

infinitif … impératif	présent	imparfait	futur simple	passé composé
pleuvoir *regnen*	il pleut	il pleuvait	il pleuvra	il a plu
pouvoir *können* …	je peux tu peux il / elle / on peut nous pouvons vous pouvez ils / elles peuvent	je pouvais tu pouvais il / elle / on pouvait nous pouvions vous pouviez ils / elles pouvaient	je pourrai tu pourras il / elle / on pourra nous pourrons vous pourrez ils / elles pourront	j'ai pu
prendre *nehmen* … Prends … Prenez …	je prends tu prends il / elle / on prend nous prenons vous prenez ils / elles prennent	je prenais tu prenais il / elle / on prenait nous prenions vous preniez ils / elles prenaient	je prendrai tu prendras il / elle / on prendra nous prendrons vous prendrez ils / elles prendront	j'ai pris

ebenso: apprendre *(lernen)*, comprendre *(verstehen)*

infinitif … impératif	présent	imparfait	futur simple	passé composé
recevoir *erhalten, empfangen* …	je reçois tu reçois il / elle / on reçoit nous recevons vous recevez ils / elles reçoivent	je recevais tu recevais il / elle / on recevait nous recevions vous receviez ils / elles recevaient	je recevrai tu recevras il / elle / on recevra nous recevrons vous recevrez ils / elles recevront	j'ai reçu

infinitif … impératif	présent	imparfait	futur simple	passé composé
savoir *wissen, können* … Sache … Sachez …	je **sais** tu **sais** il / elle / on **sait** nous sav**ons** vous sav**ez** ils / elles sav**ent**	je sav**ais** tu sav**ais** il / elle / on sav**ait** nous sav**ions** vous sav**iez** ils / elles sav**aient**	je **saurai** tu **sauras** il / elle / on **saura** nous **saurons** vous **saurez** ils / elles **sauront**	j'ai **su**
suivre *folgen* … Suis … Suivez …	je **suis** tu **suis** il / elle / on **suit** nous suiv**ons** vous suiv**ez** ils / elles suiv**ent**	je suiv**ais** tu suiv**ais** il / elle / on suiv**ait** nous suiv**ions** vous suiv**iez** ils / elles suiv**aient**	je suiv**rai** tu suiv**ras** il / elle / on suiv**ra** nous suiv**rons** vous suiv**rez** ils / elles suiv**ront**	j'ai **suivi**
venir *kommen* … Viens. Venez.	je **viens** tu **viens** il / elle / on **vient** nous ven**ons** vous ven**ez** ils / elles **viennent**	je ven**ais** tu ven**ais** il / elle / on ven**ait** nous ven**ions** vous ven**iez** ils / elles ven**aient**	je **viendrai** tu **viendras** il / elle / on **viendra** nous **viendrons** vous **viendrez** ils / elles **viendront**	je **suis** ven**u** je **suis** ven**ue**

ebenso: devenir *(werden)*, revenir *(zurückkommen)*

infinitif … impératif	présent	imparfait	futur simple	passé composé
vivre *leben, erleben* … Vis … Vivez …	je **vis** tu **vis** il / elle / on **vit** nous viv**ons** vous viv**ez** ils / elles viv**ent**	je viv**ais** tu viv**ais** il / elle / on viv**ait** nous viv**ions** vous viv**iez** ils / elles viv**aient**	je viv**rai** tu viv**ras** il / elle / on viv**ra** nous viv**rons** vous viv**rez** ils / elles viv**ront**	j'ai **vécu**
voir *sehen* …	je vois tu vois il / elle / on voit nous vo**y**ons vous vo**y**ez ils / elles voient	je voy**ais** tu voy**ais** il / elle / on voy**ait** nous voy**ions** vous voy**iez** ils / elles voy**aient**	je **verrai** tu **verras** il / elle / on **verra** nous **verrons** vous **verrez** ils / elles **verront**	j'ai **vu**
vouloir *wollen* …	je **veux** tu **veux** il / elle / on **veut** nous voul**ons** vous voul**ez** ils / elles **veulent**	je voul**ais** tu voul**ais** il / elle / on voul**ait** nous voul**ions** vous voul**iez** ils / elles voul**aient**	je **voudrai** tu **voudras** il / elle / on **voudra** nous **voudrons** vous **voudrez** ils / elles **voudront**	j'ai **voulu**

Der Gebrauch von savoir und pouvoir

Das Verb *können* kann je nach Kontext mit **savoir** oder **pouvoir** übersetzt werden.

können

savoir – *die Fähigkeiten haben*

pouvoir – *die Möglichkeit/Zeit/Gelegenheit haben*

On fait des révisions!

→ Arbeitsblatt: Code s2g5k9, www.klett.de

Hier könnt ihr die **Verben boire**, **choisir**, **connaître**, **croire** und **savoir** üben. Die Lösungen findet ihr auf S. 52.

16 Qu'est-ce qu'on boit? → G16

Complétez le dialogue avec les verbes boire, croire, connaître et savoir.

Maja fait un échange en France.
Aujourd'hui, elle est dans un café avec sa corres Charlotte:

Maja: Qu'est-ce que tu ■, Charlotte?
Charlotte: Je ■ une tisane. Et toi?
Maja: Je ne ■ pas. Qu'est-ce que c'est «une tisane»?
Charlotte: C'est «Kräutertee» en allemand.
Maja: Ah d'accord, non je préfère du lait.
Charlotte: Du lait? Juste comme ça, sans chocolat?
Maja: Bien sûr. En Allemagne, on ■ souvent du lait quand on mange du gâteau. Mais tu ■ quoi? Je vais prendre une tisane comme toi.
Charlotte: Bon choix. Et comme gâteau, je vais prendre un kouign amann.
Maja: Un quoi? Je ne ■ pas ce mot.
Charlotte: C'est une spécialité de Bretagne. C'est une pâtisserie avec beaucoup de beurre et sucre.
Maja: O.K. Je ■ que je vais aussi en prendre un alors. C'est cool, je découvre plein de choses avec toi.

17 Vous avez choisi? → G16

Complétez le dialogue avec les verbes à la bonne forme. Utilisez le présent, l'imparfait, le passé composé ou le futur simple.

M. et Mme Rigaux (*chercher*) un bon restaurant pour aller manger. Finalement, ils (*choisir*) le Zinzolin. Ils (*être*) très contents du service, alors M. Rigaux (*écrire*) un avis positif sur Internet:

Le Zinzolin Rue Galante, Avignon, France 4,8 ★★★★★ (142 avis)

On (*choisir*) le Zinzolin parce que la carte sur le site du restaurant (*proposer*) aussi des plats végétariens qui (*être*) vraiment délicieux. Vous (*pouvoir*) choisir entre plusieurs menus ou vous (*commander*) à la carte. D'habitude, ma femme (*choisir*) du poisson au restaurant. Le cabillaud du Zinzolin (*être*) très bon. Moi, je / j'(*prendre*) le menu végétarien et c'(*être*) un super repas. Les propriétaires (*s'occuper*) très bien de leurs clients et quand les serveurs arrivent pour demander: «Vous (*choisir*)?», c'est sans stress. La semaine prochaine, nous (*retourner*) au Zinzolin, parce qu'ils (*proposer*) un menu surprise.

donner un avis

On fait des révisions!

→ Arbeitsblatt: Code s2g5k9, www.klett.de

Hier könnt ihr die **Verben savoir, pouvoir, devenir** und **dire** üben. Die Lösungen findet ihr auf S. 52–53.

18 Il devient une star → G16

*Complétez les dialogues avec les bonnes formes du verbe **devenir**.*

1

– Ce jeu vidéo est génial. Waouh! Regarde, on a gagné 100 points! Nous ■ bons à ce jeu!
– Oui, mais je trouve qu'on ■ aussi un peu accros.

2

– Plus tard, je veux ■ une star avec mes vidéos sur Internet.
– Et quand est-ce que tu ■ un bon élève? 😉

3

– Toi et Julia, vous ■ vraiment bonnes en français. Bravo!
– Oui, on travaille souvent ensemble. Et comme ça, on ■ aussi amies.

19 Qu'est-ce qu'on dit? → G16

*Complétez les dialogues avec les bonnes formes du verbe **dire**.*

Après le week-end, les copains discutent leurs nouvelles.

1. – Qu'est-ce que tu ■ ■?
   – Je / J' ■ ■ que Belleville est un quartier très cool. J'y ai visité un copain samedi.
2. – Mes amis sont allés au concert de Stromae, hier.
   – Et alors, qu'est-ce qu'ils en ■?
   – Ils ■ ■ que c'était super.
3. – On ■ Pass de jeunes ou Pass jeunes?
   – On ■ Pass jeunes. Tu l'as sur ton portable?
   – Oui, je l'ai utilisé hier pour aller à un concert.

20 Je sais que tu peux → G16

a *Quand est-ce qu'on utilise **savoir** et quand **pouvoir**? Lisez le dialogue et trouvez les bonnes lettres.*

1. savoir
2. pouvoir

a können: ich habe die Möglichkeit/Zeit/Gelegenheit etwas zu tun
b können: ich habe die Fähigkeit etwas zu tun

– Je **sais** jouer de la guitare. Je **peux** jouer dans votre groupe de musique?
– Oui, bien sûr. Mais aujourd'hui tu ne **peux** pas. On a un concert.

b *Complétez les dialogues avec les bonnes formes des verbes **savoir** et **pouvoir**.*

Bientôt, c'est le week-end et les copains parlent de leurs projets.

1. – Tu ■ m'aider avec les devoirs d'allemand ce soir?
   – D'accord, mais je ne ■ pas venir avant 19 heures. Tu ■, j'ai mon cours de musique à 17 heures 30.
2. – Vous ■ où je peux trouver un cadeau pour ma sœur?
   – On ■ aller à la Fnac demain et chercher quelque chose ensemble, si tu veux.
3. – Avec mes sœurs, on va à la plage demain. Tu veux venir avec nous?
   – O.K., je viens avec mon cousin. On apporte nos planches de surf.
   – Quoi? Vous ■ faire du surf?
   – Oui, vous ■ essayer avec nos planches. On ■ vous aider.
   – C'est trop cool. Merci.

Redemittel *en classe*

1. On fait des groupes – On travaille ensemble? – D'accord.	***1. Wir bilden Arbeitsgruppen*** *– Arbeiten wir zusammen?* *– Einverstanden.*
2. On s'organise – Tu commences? – Qui cherche des informations / des photos? – Qui prépare le texte / les dialogues?	***2. Wir organisieren uns*** *– Fängst du an?* *– Wer sucht Informationen / Fotos?* *– Wer bereitet den Text / die Dialoge vor?*
3. On travaille ensemble – Tu as une idée? – Tu peux m'aider? – Maintenant, c'est à toi. – Je n'ai pas compris. – Tu peux répéter, s'il te plaît? – Je suis d'accord avec toi / avec vous. – Je ne suis pas d'accord avec toi / avec vous.	***3. Wir arbeiten zusammen*** *– Hast du eine Idee?* *– Kannst du mir helfen?* *– Jetzt bist du dran.* *– Ich habe nicht verstanden.* *– Kannst du bitte wiederholen?* *– Ich bin einverstanden mit dir / mit euch.* *– Ich bin nicht einverstanden mit dir / mit euch.*
4. On contrôle – Attention, il y a une faute. – C'est correct. – On a oublié …	***4. Wir überprüfen*** *– Pass auf, da ist ein Fehler.* *– Das ist richtig.* *– Wir haben … vergessen.*
5. On montre notre travail – Maintenant, on présente notre travail / notre jeu de rôle. – Voilà notre dialogue / notre affiche.	***5. Wir zeigen unsere Arbeit*** *– Jetzt präsentieren wir unsere Arbeit / unser Rollenspiel.* *– Das ist unser Dialog / unser Plakat.*
6. On évalue – Votre présentation est intéressante / super. – J'aime bien votre affiche. – Tout est clair.	***6. Wir geben Rückmeldung*** *– Eure Präsentation ist interessant / toll.* *– Ich finde euer Plakat gut.* *– Alles ist klar.*
7. On s'adresse au professeur / à la professeure – Qu'est-ce que cela veut dire? – Est-ce que vous pouvez répéter, s'il vous plaît? – Comment est-ce qu'on dit … en français? – J'ai une question. – J'ai oublié mon cahier / mon livre.	***7. Wir wenden uns an den Lehrer / die Lehrerin*** *– Was heißt das?* *– Können Sie bitte wiederholen?* *– Wie sagt man … auf Französisch?* *– Ich habe eine Frage.* *– Ich habe mein Heft / mein Buch vergessen.*

Um Tipps bitten und Empfehlungen aussprechen → L1
On dit: Que faire à Bruges?

So fragst du nach Tipps:	So gibst du Tipps und Empfehlungen:
– Vous avez des conseils / des recommandations (pour …)? – Quelles sont les attractions les plus importantes? – Est-ce que vous avez des recommandations pour un lieu pas trop touristique? – Est-ce que vous pouvez me recommander un restaurant pas cher à …? – Où est-ce que je peux trouver les meilleures frites / gaufres?	– Qu'est-ce qui vous intéresse? – À Bruges, on peut … – Il faut absolument faire / aller à … – Évitez les coins les plus touristiques comme … – C'est pourquoi, je vous recommande plutôt d'aller à … – Il vaut mieux visiter … le matin / le soir. – Je peux recommander … C'est à … – La plage la plus jolie est à … – Les meilleures frites sont à … – N'oubliez pas d'aller à … – Ça vaut le coup d'y aller!
So sagst du, wofür du dich interessierst:	
– Je m'intéresse (surtout) à … – Je préfère les lieux moins touristiques.	– Je voudrais / J'aimerais visiter le musée / la place …

Sich beim Frühstück unterhalten → L2
On dit: Qu'est-ce que tu prends au petit-déjeuner?

Ton / Ta corres:	Toi:
– Qu'est-ce que tu bois? / Qu'est-ce que tu veux boire? – Tu prends du chocolat chaud? Ou du lait froid? – Tu veux du yaourt ou du lait avec les céréales? – Tu veux encore des céréales / des tartines …? – Tu veux du miel ou de la confiture sur tes tartines? – Tu peux me passer la confiture / le miel …, s'il te plaît? – Je peux avoir du sucre?	– Je voudrais du lait, s'il te plaît. – Du laid froid. – Je veux bien du yaourt. – Oui, merci. / Non, merci. – Je préfère la confiture. – Voilà. – Tiens. Est-ce que tu as aussi …?

Sich im Restaurant unterhalten → L3

On dit: Au restaurant

	Le client / La cliente	Le serveur / La serveuse
À l'entrée	– Vous avez une table pour … personnes? – J'ai réservé une table pour … personnes. – Au nom de …	– Vous avez réservé? – Vous pouvez attendre? – À quel nom?
La commande	 – Je réfléchis encore un peu. – J'ai déjà choisi. – Vous avez un menu végétarien? – Je prends le plat du jour / le menu à … euros. – Moi, je ne prends pas de menu. Je prends à la carte. – Est-ce qu'il y a des noisettes dans le gâteau? – Je suis allergique.	– Voilà les cartes. – Vous avez choisi? – Oui, bien sûr. – Je vais demander au cuisinier.
Une réclamation	– Excusez-moi, il y a une erreur: je n'ai pas commandé ça. – La viande est froide.	– Désolé(e), je vais régler ça.
L'addition	– S'il vous plaît! – L'addition, s'il vous plaît. / On voudrait payer.	– J'arrive. / Vous avez fini?

Ein Bewerbungsgespräch am Telefon führen → L3
On dit: Un entretien téléphonique

	Employeur / Employeuse	Toi
Début de l'entretien	– Allô? – C'est moi-même. / Un instant, s'il vous plaît.	– Bonjour. Lucas Rigaux à l'appareil. – Je voudrais parler à monsieur / madame … – Je vous appelle au sujet de votre annonce. – J'ai lu votre annonce sur Internet.
Expériences	– Vous avez déjà de l'expérience?	– J'ai déjà travaillé dans un café. – J'ai déjà fait un stage chez / dans l'entreprise … c'est pourquoi …
Disponibilités	– J'ai besoin de quelqu'un tous les soirs. – Est-ce que vous êtes disponible les après-midis?	– Je suis disponible tous les soirs. – Oui, je suis flexible. – Non, mais je suis disponible …
	Toi	**Employeur / Employeuse**
Horaires	– Quels sont les horaires?	– Le restaurant ouvre à 11 heures et ferme à minuit. J'ai besoin de vous de 16 heures à 21 heures.
Rémunération	– Quelle est la rémunération? – D'accord.	– Je vous propose douze euros de l'heure.
	Employeur / Employeuse	**Toi**
Rencontre	– Est-ce que vous êtes disponible le 20 novembre pour un entretien? – Est-ce que vous pouvez passer pour un entretien ce soir / …? – À … heures, ça vous va? – Au revoir.	– Oui, je suis disponible. – Non, mais je suis disponible le … – Oui, à quelle heure? – D'accord. Au revoir, monsieur / madame …

Sich über die Zukunft unterhalten → L4
On dit: Discuter du futur

So stimmst du zu:	So sagst du, warum du etwas gut findest:	So sagst du, warum du etwas nicht gut findest:	So drückst du Zweifel aus:
– C'est une bonne idée. – C'est vrai.	– Je suis d'accord (parce que …) – C'est intéressant parce que … – J'aime bien l'idée parce que … – Tu as raison parce que …	– Je ne suis pas d'accord avec toi (parce que …) – Je ne partage pas ton avis. Pour moi … – C'est intéressant mais … – Ce n'est pas une bonne idée parce que …	– J'imagine que … – Je ne suis pas sûr(e). – Je ne sais pas.

So sprichst du über deine Zukunftsvorstellungen:	So drückst du deine Meinung aus:
– À l'avenir, la plupart des gens / des élèves / … – Un autre changement sera … – Il n'y aura plus de …	– D'après moi, … – Moi, je crois que … – Je pense que …

Sich über Probleme und deren Lösungen unterhalten → L5

On dit: C'est problématique!

So könnt ihr Probleme darstellen:	So könnt ihr Lösungen vorschlagen:
– Souvent, les sorties culturelles sont trop chères.	– À Paris, on peut aussi trouver des activités moins chères. – **Il faut** bien s'informer. Souvent, il y a des évènements dans les petits quartiers ou les communes. – Il y a des journées où les musées sont gratuits pour les jeunes. – **On pourrait** aussi **proposer de** créer un pass culturel pour les jeunes Parisiens.
– Prendre le vélo à Paris est dangereux. – **C'est problématique.** – **Moi, je pense qu'**il n'y a pas assez de pistes cyclables.	– **On pourrait** prendre les transports en commun. C'est plus écologique. – **On pourrait** écrire à la mairie et **proposer de** créer plus de pistes cyclables.
– **Un problème est que** souvent, les transports en commun ne sont pas propres / sont toujours sales. – **Un autre problème est que** le bus arrive souvent en retard. – Pour ma copine qui est en fauteuil roulant, c'est vraiment difficile de prendre les transports en commun. Il n'y a pas assez d'ascenseurs.	– **Il ne faut pas** laisser ses déchets par terre ou dans les transports en commun. – Si le chemin n'est pas trop long, **on peut aussi** prendre le vélo ou aller à pied. – **Il faut** appeler la mairie et proposer d'installer plus d'ascenseurs.
– **Je trouve qu'**il y a souvent beaucoup de déchets dans les parcs.	– **Je propose d'**organiser une journée «on nettoie le parc» avec notre prof. – **On pourrait aussi** envoyer des invitations aux copains pour nettoyer le parc ensemble.

R1 On fait des révisions!

1 Le blog de Lilou

a

Nous voilà à Bruxelles. Clara et Zak sont encore au lit, comme d'habitude. Ils **se lèvent** tard. Moi, j'adore le matin. Je **me lève** tôt, un peu de sport, puis je **me douche** et hop, petit déjeuner. Clara me demande souvent: Quand tu **te lèves**, tu **t'occupes** du programme, s'il te plaît?

b

Pendant leur voyage, Lilou, Zak et Clara **s'occupent de** différentes choses.

Lilou: Je prépare le programme de la journée tôt le matin parce que le soir, **je ne me couche pas** tard.

Zak: Moi, je cherche les horaires de train. je **m'occupe de** ça le soir parce que le matin, je **ne me réveille pas** avant 10 heures.

Clara: Moi, je cherche les logements. Comme nous **ne nous reposons pas** beaucoup pendant la journée, c'est important d'avoir un hôtel près des monuments au centre.

2 En voyage

a

2. **la Suisse**; 3. **la France**; 4. **l'Italie**; 5. **l'Espagne**; 6. **le Luxembourg**; 7. **la Belgique**; 8. **la Grande-Bretagne**

b

1. Ma grand-mère est parisienne, demain je prends le train pour lui rendre visite **à Paris**.
2. Mes parents parlent un peu italien, alors on part en vacances **en Italie**.
3. Cet été, ma copine va **en Espagne** et elle va manger de la paella.
4. Pendant mon voyage en Europe, je vais **en Belgique** pour visiter Bruxelles et Bruges.
5. J'ai un cousin qui habite à New York. Je vais peut-être aller **aux États-Unis** pour lui rendre visite.
6. Cet été, nous déménageons **en Allemagne**, à Munich, avec toute la famille.
7. En août, je vais peut-être rendre visite à mon oncle **au Luxembourg**. Ce pays est vraiment très petit!

3 C'est où?

a

1. Non, nous n'y allons pas à 16 heures.
2. Oui, j'y vais en train. / Non, je n'y vais pas en train.
3. Oui, il y va demain. / Non, il n'y va pas demain.
4. Oui, elles veulent y passer les vacances. / Non, elles ne veulent pas y passer les vacances.

b

Lucie: Qu'est-ce qu'on fait aujourd'hui? – Sara: J'aimerais aller au centre-ville. – Lucie: D'accord, alors on **y** va. – Sara: Il y a des restaurants sympa. Est-ce que tu as déjà goûté les gaufres ici? – Lucie: Non, je n'**en** ai jamais mangé. – Sara: Après, je te propose d'aller au parc de Bruxelles. C'est super beau et on peut **y** faire une promenade. – Lucie: Oui, j'ai lu ça sur Internet. On **y** trouve aussi des monuments intéressants. – Sara: Bon, on va faire ça. Ensuite on peut retourner au centre-ville pour acheter des souvenirs. – Lucie: J'**en** ai déjà, mais il m'**en** faut un pour ma sœur. Et du chocolat, on **en** achète pour les copains.

4 En Suisse

La Suisse, quel **beau** pays! Comme vous voyez sur les photos, on a visité des **belles** villes et on a aussi passé beaucoup de temps en montagne.
Ma ville préférée, c'était Zurich. Dans le centre-ville, il y a beaucoup de **vieux** bâtiments, mais il y a aussi quelques **nouveaux** immeubles.
Mais les endroits les plus **beaux** sont en montagne. Le glacier d'Aletsch par exemple est vraiment superbe. Et j'ai un **nouveau** loisir: la randonnée. Sinon, on a aussi fait du VTT, même s'il ne faisait pas toujours **beau**. Une chance que j'ai apporté mes **vieilles** baskets parce qu'on a aussi fait un tour sous la pluie. J'ai adoré!

5 On fait de la géographie

1. – Paris est **plus grand que** Bruxelles.
   – Bruxelles est **moins grand que** Berlin.
   – La Seine est presque **aussi longue que** le Rhône.
   – La Loire est **plus longue que** le Rhône.
   – Le pic du Midi est **moins haut que** le mont Blanc, mais presque **aussi haut que** le pic Carlit.
2. – La ville **la plus grande**, c'est Berlin.
   – Le fleuve **le plus long**, c'est la Seine.
   – La montagne **la plus haute**, c'est le mont Blanc.

6 Berlin, c'est cool.

Salut Marc,
Aujourd'hui, on est arrivées à Berlin. C'était une journée longue, mais cool. Ce matin, Julia et moi, nous **nous sommes levées** à cinq heures et demie. Je **me suis réveillée** assez tôt parce que j'avais hâte de partir pour Berlin. On **s'est dépêchées** pour aller à la gare pour prendre le train à 7 heures. Quand on est arrivées à Berlin, on était très fatiguées mais on **ne s'est pas reposées** … nous **nous sommes préparées** très vite pour aller en ville. Julia et moi, nous **ne nous sommes pas promenées** tout de suite en centre-ville. D'abord on a mangé quelque chose. Et toi, tu **t'es occupé de** ton petit frère? Vous **vous êtes promenés** avec votre chien?
A+
Emily

7 Tom et son grand-père

a

2. quand j'étais jeune **3.** tous les jours **4.** normalement
5. tout le temps **7.** souvent **8.** tous les week-ends

b

1. Tom: Où est-ce que tu **habitais** quand tu **étais** jeune?
2. Grand-père: On **ne vivait pas** en ville. Mes parents **avaient** une ferme.
3. Tom: Pourquoi est-ce que toi et ton frère, vous **vouliez** partir à Paris?
4. Grand-père: Nous **n'avions pas** beaucoup d'argent. Alors, on est allés à Paris parce qu'on **voulait** gagner plus d'argent.
5. Tom: D'accord. Et, la vie à la campagne **était** comment?
6. Grand-père: Il y **avait** beaucoup de travail à la ferme. C'**était** difficile, tu sais. Tous les matins, mon frère et moi, nous **nous levions** très tôt pour aider nos parents. Quand on **arrivait** en cours, on **était** déjà fatigués. L'après-midi, mon frère et moi, nous **travaillions** à la ferme et nous **faisions** nos devoirs après. Le soir, tout le monde **se couchait** tôt, parce que nous **étions** fatigués.

8 Se faire des amis

Matteo s'intéresse aux langues, alors en août, il **a pris** des cours de français à Nantes. Après ses cours, il **a voyagé** et il **a visité** plusieurs villes françaises pour améliorer son français et pour rencontrer des gens. Matteo **était** à Paris pendant deux jours. Il **avait** une chambre dans une auberge de jeunesse. Tous les matins, il **prenait** son petit-déjeuner dans un café près de l'auberge. Un jour, il y **a rencontré** Soraya, une jeune fille du Sénégal. D'abord, il **a discuté** avec elle. Puis, ils **sont allés** au Sacré-Cœur. Il **faisait** chaud ce jour-là. Alors, ils **ont mangé** une glace. Ensuite, Soraya et Matteo **sont allés** à une fête ensemble.

R2 On fait des révisions!

9 Un resto qui a du cœur

a

1. Voilà Mme Moretti, la propriétaire d'un restaurant **pour qui** les clients sont très importants.
2. Voilà Philippe **avec qui** Mme Moretti a ouvert le Zinzolin. Voilà Philippe **sans qui** Julie n'aime pas travailler.
3. Voilà M. Bonnard **pour qui** Julie prépare un café.
4. Voilà Mme Jousse **avec qui** M. Jousse mange au restaurant.

b

Les Restos du Cœur, c'est un endroit **où** les personnes pauvres peuvent manger en hiver. Ils servent des repas à des personnes **qui** vivent dans la rue. Les repas **qu'**ils servent sont chauds. Les Restos du Cœur préparent leurs repas avec des produits **que** des marchés et supermarchés leur donnent. Ils aident les personnes en difficulté **pour qui** ces repas sont très importants. Les Restos du Cœur sont aussi des lieux de rencontre **où** on peut boire un café et parler avec les gens.

10 Aide-moi!

1. Elias: Ce restaurant est super. Tu vas voir. Tiens, voilà la carte.
2. Laure: Ce n'est pas facile. Il y a beaucoup de plats que j'aime. Je ne sais pas. Alors, **aide-moi**, s'il te plaît. Qu'est-ce que tu recommandes?
3. Elias: Moi, je prends le menu à 25 €. Il est délicieux. Et toi?
4. Laure: Mh … Il y a de la ratatouille et je n'aime pas trop ça.
5. Elias: D'accord. Alors, **ne la prends pas**. Tu peux choisir le menu à 21 €.
6. Laure: Très bonne idée.
7. Serveur: **Excusez-moi**, vous avez choisi?
8. Elias: Oui, on aimerait un menu à 25 € et un menu à 21 €.
9. Serveur: Oui, bien sûr. Et vous prenez aussi un dessert?
10. Elias: Oui, **apportez-nous** la carte des desserts, s'il vous plaît.
11. Serveur: Oui, j'arrive tout de suite avec la carte.

11 Avez-vous réservé?

1. Est-ce qu'il y a encore du cabillaud?
2. Est-ce que notre table est déjà prête?
3. Est-ce que vous servez des plats végétariens?
4. Est-ce que vous avez une table pour deux personnes?
5. Est-ce que vous pouvez nous apporter l'addition, s'il vous plaît?
6. Qu'est-ce que vous recommandez avec le poulet rôti?

R3 On fait des révisions!

12 Des vacances connectées?

Les copains discutent. Qu'est-ce qu'ils **feront** pendant les vacances?
Noah: Pendant les vacances, j'**irai** chez ma tante dans les Alpes. Je **prendrai** mon portable et ma tablette avec moi. Comme ça, on **restera** en contact. Et vous alors, qu'est-ce que vous **ferez**?
Marcel: Je **visiterai** Madrid avec mes cousins.
Noah: Génial, tu nous **enverras** des photos?
Marcel: Oui, bien sûr. On **pourra** aussi passer des appels vidéo pendant les vacances.
Nicole et Céline: Pas nous.

Céline: On **laissera** nos portables à la maison. On **passera** les vacances à la mer avec nos parents. Eux aussi, ils **n'auront pas** de portable. Alors, nous **ne serons pas** connectées. Mais comme ça, on **fera** plus d'activités en famille.

13 Qu'est-ce que tu feras si …?

1. … si je vais en Grande-Bretagne, je **visiterai** aussi mon cousin à Liverpool.
2. Et s'il fait beau, on **ira** à la plage.
3. S'il **pleut**, on regardera des film avec ses copains.
4. Si ma grande sœur **vient** aussi, on ira à Londres ensemble.
5. Mais si je reste en France, on **fera** quelque chose ensemble, non?

14 Elle dit qu'elle vient à Paris.

Malia dit qu'elle arrive à Paris ce soir. Samuel demande si elle vient en train. Malia répond qu'elle prend le TGV. Elle explique qu'il arrive à 18 heures. Samuel dit qu'il sera à la gare à 18 heures. Malia veut savoir s'ils feront quelque chose ensemble. Samuel demande si elle veut aller au café-concert Montmartre. Malia répond que c'est une super idée et elle raconte qu'elle adore ce café-concert. Samuel explique que Noémie et Djalil viennent aussi. Malia veut savoir si elle les connaît. Elle demande s'ils sont dans son club de foot. Samuel dit qu'ils sont dans sa classe et qu'ils sont sympa.

15 Rien ne se passe sans le Pass.

Malia: Salut. Ça va?
Samuel: Bof. **Rien ne** va aujourd'hui … Le week-end prochain, j'aimerais inviter des copains mais **personne n'**est à Paris. Pourquoi est-ce que tu dois retourner à Nantes demain? 😥
Malia: Bonne question. Il ne se passe jamais rien chez moi …
Malia: Je vais demander à ma tante si je peux rester chez elle à Paris encore une semaine.
Samuel: Cool!
Samuel: Alors?
Malia: **Personne ne** répond. Attends, je vais appeler ma mère et ma tante en même temps.
Samuel: O.K.
Malia: **Personne n'**a un problème. Alors, qu'est-ce qu'on fait le week-end prochain? 🙂
Samuel: Trop cool! **Rien ne** me plaît au café-concert mais on peut faire une soirée ciné chez moi?
Malia: C'est top.

R4 On fait des révisions!

16 Qu'est-ce qu'on boit?

Maja: Qu'est-ce que tu **bois**, Charlotte?
Charlotte: Je **bois** une tisane. Et toi?
Maja: Je ne **sais** pas. Qu'est-ce que c'est «une tisane»?
Charlotte: C'est «Kräutertee» en allemand.
Maja: Ah d'accord, non je préfère du lait.
Charlotte: Du lait? Juste comme ça, sans chocolat?
Maja: Bien sûr. En Allemagne, on **boit** souvent du lait quand on mange du gâteau. Mais tu **sais** quoi? Je vais prendre une tisane comme toi.
Charlotte: Bon choix. Et comme gâteau, je vais prendre un kouign amann.
Maja: Un quoi? Je ne **connais** pas ce mot.
Charlotte: C'est une spécialité de Bretagne. C'est une pâtisserie avec beaucoup de beurre et sucre.
Maja: O.K. Je **crois** que je vais aussi en prendre un alors. C'est cool, je découvre plein de choses avec toi.

17 Vous avez choisi?

M. et Mme Rigaux **ont cherché** un bon restaurant pour aller manger. Finalement, ils **ont choisi** le Zinzolin. Ils **étaient** très contents du service, alors M. Rigaux **écrit** un avis positif sur Internet:
On **a choisi** le Zinzolin parce que la carte sur le site du restaurant **propose** aussi des plats végétariens qui **sont** vraiment délicieux. Vous **pouvez** choisir entre plusieurs menus ou vous **commandez** à la carte. D'habitude, ma femme **choisit** du poisson au restaurant. Le cabillaud du Zinzolin **est** très bon. Moi, j'**ai pris** le menu végétarien et c'**était** un super repas. Les propriétaires **s'occupent** très bien de leurs clients et quand les serveurs arrivent pour demander: «Vous **avez choisi?**», c'est sans stress. La semaine prochaine, nous **retournerons** au Zinzolin, parce qu'ils **proposent** un menu surprise.

18 Il devient une star.

1. – Ce jeu vidéo est génial. Waouh! Regarde, on a gagné 100 points. Nous **devenons** bons à ce jeu!
   – Oui, mais je trouve qu'on **devient** aussi un peu accros.
2. – Plus tard, je veux **devenir** une star avec mes vidéos sur Internet.
   – Et quand est-ce que tu **deviens** un bon élève? 😉
3. – Toi et Julie, vous **devenez** vraiment bonnes en français. Bravo!
   – Oui, on travaille souvent ensemble. Et comme ça, on **devient** aussi amies.

19 Qu'est-ce qu'on dit?

1. – Qu'est-ce que tu **as dit**?
   – J'**ai dit** que Belleville est un quartier très cool. J'y ai visité un copain samedi.
2. – Mes amis sont allés au concert de Stromae, hier.
   – Et alors, qu'est-ce qu'ils en **disent**?
   – Ils **ont dit** que c'était super.
3. – On **dit** Pass de jeunes ou Pass jeunes?
   – On **dit** Pass jeunes. Tu l'as sur ton portable?
   – Oui, je l'ai utilisé hier pour aller à un concert.

20 Je sais que tu peux.

a

1. b, **2.** a

b

1. – Tu **peux** m'aider avec les devoirs d'allemand ce soir?
   – D'accord, mais je ne **peux** pas venir avant 19 heures. Tu **sais**, j'ai mon cours de musique à 17 heures 30.
2. – Vous **savez** où je peux trouver un cadeau pour ma sœur?
   – On **peut** aller à la Fnac demain et chercher quelque chose ensemble, si tu veux.
3. – Avec mes sœurs, on va à la plage demain. Tu veux venir avec nous?
   – O.K., je viens avec mon cousin. On apporte nos planches de surf.
   – Quoi? Vous **savez** faire du surf?
   – Oui, vous **pouvez** essayer avec nos planches. On **peut** vous aider.
   – C'est trop cool. Merci.

Verzeichnis der grammatischen Begriffe

In der linken Spalte findet ihr die wichtigsten Begriffe, die im Grammatischen Beiheft (Bände 1–3) verwendet werden. Das Grammatikkapitel (G) nennt die Stelle, an der ihr etwas über den Begriff erfahrt.
Die mittlere Spalte enthält Entsprechungen, die ihr vielleicht noch aus der Grundschule kennt. In der rechten Spalte werden die französischen Bezeichnungen sowie französische Beispiele aufgeführt.

Verwendete Begriffe	Entsprechungen	Französische Bezeichnungen und Beispiele
Adjektiv (G4, G5)		l'adjectif: *grand / grande, vert / verte*
Apostroph (G2)	Auslassungszeichen	l'apostrophe: *l'effaceur, l'ami*
Artikel – bestimmter ~ (G2, G5) – unbestimmter ~ (G2) – Teilungs~	Geschlechtswort	l'article: ~ défini: *le cahier, la règle, l'effaceur, les chaussettes* ~ indéfini: *un copain, une copine, des copains* ~ partitif: *du, de la, des*
Bindung (G2)		la liaison: *les‿effaceurs, nous‿avons*
Demonstrativbegleiter		le déterminant démonstratif: *ce, cet, cette, ces*
Entscheidungsfrage	Gesamtfrage, Ja / Nein-Frage	l'interrogation totale: *On va au cinéma?* *Est-ce que tu fais une fête?*
Fragebegleiter		l'adjectif interrogatif: *quel, quelle, quels, quelles*
Femininum (G2, G4)	weibliches Geschlecht	le genre féminin: *une copine, une règle*
Fragesatz – mit est-ce que (G11)		la phrase interrogative: *C'est qui?* – avec est-ce que: *Est-ce qu'on va au cinéma?*
Fragewort (G11)		l'interrogatif: *quand, où, qui, pourquoi, …*
Imperativ (G10)	Befehlsform	l'impératif: *Écoute. / Écoutez. / Écoutons.*
Indefinitbegleiter		l'adjectif indéfini: *tout le, toute la, …*
Infinitiv (G12)	Grundform	l'infinitif: *avoir, regarder, faire*
Konjugation (G16)	Beugung (des Zeitworts)	la conjugaison: *j'ai, tu as, …*
Konjunktion (G9)	Verbindungswort	la conjonction: *mais, parce que, quand*
Maskulinum (G2, G4)	männliches Geschlecht	le genre masculin: *un copain, un cahier*
Mengenangaben – bestimmte ~ – unbestimmte ~		les quantités: – *deux kilos de, une bouteille de …* – *un peu de, beaucoup de, …*

Nomen (Substantiv) (G2, G4, G5)	Hauptwort, Namenwort	le nom (substantif): *la danse, l'effaceur, le crayon*
Objekt (G9, G11) - direktes ~ (G9) - indirektes ~	Satzergänzung	le complément d'objet: ~ direct: *Elle écrit un texte.* ~ indirect: *Il montre les photos aux copains.*
Objektpronomen - direkte ~ - indirekte ~	satzergänzende Fürwörter	le pronom objets: ~ direct: *Je l'apporte.* ~ indirect: *Il leur montre les photos.*
Partizip - ~ der Vergangenheit (G6)		le participe ~ passé: *regardé, fait, allé(e)*
Personalpronomen (G11) - unverbundene ~	persönliches Fürwort	le pronom personnel: *je, tu, il, elle, on, nous, vous, ils, elles* ~ disjoint: *moi, toi, …*
Plural (G2, G4, G10)	Mehrzahl	le pluriel: *les chaussettes*
Possessivbegleiter	besitzanzeigendes Fürwort	le déterminant / l'adjectif possessif: *mon / ma / mes … mon sac* *notre / votre / leur … votre prof*
Präposition (G3, G9)	Verhältniswort	la préposition: *à Paris, au Louvre, chez moi*
Präsens (G1, G7)	Gegenwart	le présent: *Je regarde des photos.*
Satz - Aussagesatz (G14) - Nebensatz (G9) - si-Satz (G13)		la phrase ~ simple: *Alex écrit un message.* ~ subordonnée: *Il appelle Julie quand il veut parler.* la proposition de condition: *Si on va à Paris, on visitera Notre Dame.*
Singular (G2, G4, G10)	Einzahl	le singulier: *une chaussette*
Verb (G1, G6, G9, G11–G12, G14–G16) - regelmäßiges ~ - unregelmäßiges ~ - ~ auf -dre - ~ auf -ir - reflexives ~	Tätigkeits-, Tun-, Zeitwort	le verbe: ~ régulier: *regarder, aimer, …* ~ irrégulier: *avoir, être, faire, …* ~ en -dre: *attendre, répondre* ~ en -ir: *partir, dormir* ~ pronominal: *se lever, se coucher*
Vergangenheit (G7–G8) - einfache ~ (G7–G8) - zusammengesetzte ~ (G6, G8, G15–G16)		le passé - l'imparfait: *C'était super!* - ~ composé: *J'ai chatté. Elle s'est levée à 9 heures.*
Verneinung (G1, G3, G15)		la négation: *Il n'aime pas le rugby.*
Vokal (G1–G2, G4, G15–G16)	Selbstlaut	la voyelle: *a, e, i, o, u, y*
Zukunft - einfache ~ (G12–G13, G15–G16) - zusammengesetzte ~ (G15)		 le futur simple: *À l'avenir, on fera encore plus d'activités avec notre portable.* le futur composé: *Ce week-end, je vais faire du vélo.*

Stichwortverzeichnis

→ Die Zahlenangaben verweisen auf die jeweiligen Grammatikkapitel

Liste der Arbeitsanweisungen

Complétez les phrases / le texte / le dialogue.	Vervollständigt die Sätze / den Text / den Dialog.
Choisissez les expressions qui vont avec l'imparfait.	Wählt die Ausdrücke aus, die das Imparfait anzeigen.
Complétez le dialogue avec les verbes à la bonne forme et aux temps corrects.	Vervollständigt den Dialog mit der richtigen Form und der richtigen Zeit der Verben.
Écrivez le courriel.	Schreibt die E-Mail.
Faites des phrases avec y / au passé composé.	Bildet Sätze mit y / im Passé composé.
Lisez le chat.	Lest den Chat.
Mettez-le au discours indirect.	Setzt ihn in die indirekte Rede.
Mettez les articles et les noms des pays.	Setzt die Artikel und die Ländernamen ein.
Mettez les verbes à l'imparfait / au passé composé / au futur simple.	Setzt die Verben ins Imparfait / ins Passé composé / ins Futur simple.
Refaites les questions et utilisez la question avec est-ce que.	Formt die Fragen um und verwendet die est-ce-que-Frage.